文芸社セレクション

山姫の山姥と
息子の金太郎の生き別れ

黒木 咲

文芸社

目次

第一話・家族

実家が金持ちの二人の息子がいた。

年が経つにつれ息子たちは大きくなり、成長した。

家がお坊さんと縁がないのに兄がお坊さんになりたいと言い出す。

両親は長男がなぜ急にお坊さんになろうと思ったが、お坊さんになるのは大変なえらいことだと思い、よろこんで、応援することにした。

いろいろ準備をして、兄は立派なお坊さんになるために修行に出た。

兄は行く前に弟には「変な女に引っかからないようにね」と言い残した。

あれから弟は、家にはなにも目指すことはなく、両親と一緒に暮らしながら家の仕事に手伝い、地味な日々を送っていた。

誰かの下で働くのが嫌で、弟は仕事がなければ遊びに行って、自由に生活している。

兄は修行にはげんでいて家に帰る事なく気づいたら何年もたった。

兄に弟子もつくようになった。帰って来るのは、お正月にだけ。

兄の持ってくるのは七草。兄と弟は母の作る七草がゆがなにより好き。父はお雑煮を誰より上手に作る。

弟は兄が立派なお坊さんになるのを邪魔しちゃいけないと思って、自分から会いに行くことと、手紙を書いて送ることをしないようにしている。

兄はお坊さんになってからは妖怪や神と会うようになった、という話をした。

今までに会ってきた神は海の白王と海の黒王だった。

海の白王と海の黒王が全然わからないが、知らない話をいろいろ聞いたのが初まりだったという。

そんなある日、兄は誰かが結婚している夢を見るが、けれど、そこでは新婚の男が食べられていて、しかも自分もそこに立っているのが見えていて、血の海の残酷な悪夢を見た。

目を覚ましたら全身汗だくで、頭皮も汗けっこう汗をかいてて、さっきのが夢でよかったと一安心した。

夢で食べられていた人の顔がはっきり見えないが、若い男という認識をしていた。人生で見た悪夢の中で一番最悪の夢だった。自分が何故あんな夢を見るのか、何かのメッセージなのかと深く考えた。

この悪夢がのちに兄の家族の一人にかかわる大きな意味のある悪夢だったことを知る。

第二話・兄弟

そんな月日の中で、遠くにお坊さんとして暮らす兄の元に弟から一枚手紙が届いた。何だろうと思い開けて見ました。

「遠くに住む兄へ。元気でお過ごしですか？　僕はこのたび結婚しました。兄のところに嫁はんを連れて近いうちにご挨拶に行きますね」と書いてあった。

しかし兄は、あの遠くから新婚の二人が来るのは大変だと思って、自分で行く事に決めた。

翌朝に弟のところに行ってくると弟子に言い、後のことを任せた。

新婚の二人にお土産を持って出かけた。

たった一人の弟が結婚すると思ったら胸いっぱいに嬉しさであふれた。

結婚相手の事も気になる。

やっと弟の家に着いた。

しかし、家の外から嫌～な雰囲気が漂っていたから変に思った。

外で家を見つめていると、ちょうど弟と会った。

「おっ！　お兄さん！　なにしてるの？」

「おお、ひさしぶり！」

「お兄さん来るなら知らせてよ」

「ああ、ごめんごめん。それで、お前、結婚したんだって？」

「ああはい」

「おめでとう」

「ありがとうございます」

「で、お嫁さんってどんな人なんだい？」

「まあ、とりあえず入ろうお兄さん」

弟からはなにも変なものを感じない。

兄は家の中に入ると、弟の嫁がいた。

だけど、兄はお嫁さんからは変なものを感じる。

お嫁さんは一目見て惚れちゃうぐらいの美貌の持ち主。透通る白肌に真っ黒の髪をしている、すらっとした背の高い優しい顔した女性。

今まで見たことのない柄の袖の着物を着ている。

兄はいままで千人以上の女性と顔を合わせてきて、いろいろな着物を見てきたが、お嫁の着ていた着物は初めて見る着物。

お嫁さんは兄と挨拶をした。

兄が家の奥に座ると、お嫁さんが可愛い笑顔でお茶をもってきた。弟と喋っていて話に夢中になっているといい匂いが鼻をくすぐってきた。

お嫁さんはごはんを作ってて、一口したとたんに（こんなうまいもの久しぶりに食べた）と思ったけれど、お肉だったらどうしようと手を止めた。

「すみません奥様」

「はい？」

「この料理にまさか、お肉使われました？」と言う兄の言葉に弟とお嫁は一瞬黙った。

お嫁さんは笑顔に戻って「ああっいいえ、お肉は使ってませんよ」とにこっとした。

「そうですか、すみません」

「いえいえ、お兄様はお坊さんと聞いているからお肉食べちゃいけないですよね」

「はい、よくご存知で」

「ええ、もちろんですよ。お酒も飲んじゃいけないですよね？　女性との絡みとかどうですか？　お好みの女性っていっらしゃいますか？　とてもモテそうなお顔してらっしゃいますし」

「はい、お坊さんはお肉とお酒と女性との絡みは禁じられているんですよね。これの一つをやってしまえばお坊さんじゃなくなるし、お坊さんという意味がなくなりますね」

「そうですよね、よけいなこと聞いたかしら、失礼いたしました」とお嫁さんはにこっとして四本の指で口をふさいで、目で笑った。

お嫁さんの料理は本当に肉を使ってなくて、がんもどきを使った料理で、がんもどきはまるで肉のように味わえた。お味噌汁もなす入りでとても美味しかった。毎日飲みたくなるぐらいの味だった。かぼちゃの煮物も出た。

兄はお嫁さんが料理上手だったからやるじゃんと思い、これで弟の胃袋をつかんだのかな？　と思った。お嫁さんは口数が少なくて、質問すれば答えるけれど、兄とは自分からあまり話をしない。

「君には兄弟や姉妹はいますか？」と兄はお嫁さんに聞いた。

「あ〜、妹はいます」

「妹？」

「はい。だけど、今は近くにいないです」

「会ったりしないんですか？」

「ええ。遠くに、遠くに都会にいます」

真っ暗になる前に兄は帰ると言う。お嫁さんは笑顔で家に残った。弟は兄を送ってくるとお嫁さんに言って家から出て行った。

家から出て結構離れたところで兄は質問を変えた。

「ね、お嫁さんとどうやってどこで出会ったの？」

「え？　お兄さんも気になる？」

「うん、お嫁さんからなんか変なもの感じた？」

「そう？　俺が最初に一目ぼれしたんだよ。でも、俺、妊娠させちゃった」

「はあ？　おまえ大丈夫？　彼女を妊娠させちゃったの？」

「そう、なんか、自分のものにするためにそうするしかなかったの」

「へーおまえそんな人だったんだ。自分の知っている弟じゃないみたい」

「だってあんな美人にいろんな男が寄って来るんだもん。しかも俺は金持ちだから彼女を養っていく自信があるから」

「そうだけど…私もう帰るね」

「うん、お兄さんありがとうね。また来てね」

「おう、またね」

道の途中で兄と弟は別れた。

「ただいまー」

「おかえりー」

「お兄さん帰った？」

「帰ったよー」

「うん、お兄さんとは初めて会うけど、優しそうな人みたいね」

「うん、俺のお兄さんすごく優しいよ」

「後、おとなしい人だと思っていたら、面白い人ね」

「ね、ね、妹いたの？」

「あ、うん、いたよ」

「俺、全然知らなかったんだけど？」

「そう？　たぶんあたしが言わなかったかも」

「妹が都会にいるって言ってたじゃない？　都会でなにをやっているの？」

「家から離れて行ったから何年たち、あたしもお父さんとお母さんも心配になって、会いたくなったからあたし一人で都会に行ったのね」

「会えた？」

「会えたけど、家にいる時よりものすごくべっぴんになってた。でも、やっていた仕事が遊女だった。都会で遊女になっていた。ね、あなた」

「うん？」

「あたしね、何日後に友達の所へ行くの」

「遠いの？」

「そんな遠くないけど、その友達はね、すごい大食いなの」

「ええ〜大食い？　大食いって言ってもどのぐらい食べるの？」

「友達はね、昔からの付き合いで、にぎりの白米しか食べないの」

「白米しか食べないってなかなかだね」

「だからね、お米がもっと欲しいの」

「わかった。そのことを家の使用人に言ってお米をもらいな」

「わかった。ありがとう、さすがだね」

兄は無事に家に帰ってきた。

帰ってきても弟のお嫁さんがどうも気になってしょうがない。

「ただいまー」

「おかえりなさい」

「…」

「おかえりなさい？」

「おお、ごめんごめん、ただいま」

兄はずっと無言で、いつもの座布団で座ったままだ。

「師匠？」と弟子は近くに来た。

「ああ、わるいわるい」

「どうしたんですか？　おしょうさん？　さっきからぼーっとしてるんですけど？」

「ああなんでもないなんでもない」

「なにか食べますか？」

「いいえ大丈夫、弟の家でたくさん食べたから」

「旅はどうでしたか？」

「ああ、わるくなかったよ」

「弟さんの花嫁はどんな人でしたか？」

「さっきからずっと気になってたんだけど、なんかおかしいんだよね」

「何がですか？」

「弟のお嫁さんが」

「弟さんの花嫁がどうかしたんですか？」

「あの女から変なものをかんじるんだよね」

「そうですか、どんなもの？」

「人間じゃないなにかを」

「とにかく、お茶を一杯飲んでくださいませ」

弟子に弟のお嫁さんの事をもっと詳しく話した。

「妖怪か、化け物か、鬼なんじゃないですか？」と弟子がさらっと言った。

「今までたくさんの女性を見てきたが、あの女性はどんな人間の女性の髪型と着物が違う。それで着物は町風ではなく、山家風だった。顔立も」

それで兄は思いついた。

お嫁を人間か、なにものかを確かめたいと思いはじめた。

そう思っていた日々の中で弟が兄の家にやってきた。

「よかったー」

「え？」

「ちょうどよかった」

「なに？　なによ」

「ね、お嫁さんのことなんだけど…」

「うちの嫁はんがどうしたっていうの？」

「考えたけど…人間じゃなくて化け物じゃない？」

兄はちょうどよかったと喜んで弟のお嫁さんのこと言ってみた。

弟は意外にすごく怒ってしまった。

「はぁーなに言ってるの？　なんで俺のよめはんを化け物だと言い切れるんですか？　どうしてそう決めつけるんですか？　普通の人間がそんなわけないでしょう。いいかげんなことを言わないでくれよ」

「悪い悪い、一旦落ち着いて、ね、ね」

「はあー落ち着くわけないじゃん、お兄さんが…」

弟子がお茶を持ってきてそれに弟がかけられるという事がおきてしまった。

「ああ、すみません、変な踏みかたして、お兄さんにかけてしまった。もうしわけありません」と弟子が弟に謝った。

弟はお茶をかけられた事でやっと落ち着いた。兄の話に耳をかたむけることにした。

「ね、俺はおまえのお嫁さんのことまだなにも知らないから、お嫁さんとの出会いを詳しく聞かせてよ。おねがい」

弟は兄の家にゆっくりして帰った。

それで弟は兄の家から出て自分の家に向かっていると、後ろから歩いてきて通りすぎていった者がお坊さんと思われる人物が荷物を抱えて歩いていた。

それを見た弟は一回見て目をそらしたけれど、二度目してしまった。

遠くから見ると、後ろ姿が猫背で首から見えるのはふさふさの毛をしていて、下に下ろしている手もふさふさだった。裸足で歩いていて、足も首と同じ毛がはいていたから変に思った。一瞬人間じゃないなと思ったけど裾を見て、裾から細長いもの出てて また変に思ったけど気にしなかった。

弟が見たその者は実は人間ではなかった。弟は間違ってなかった。

それはお坊さんの恰好した猫だった。

その猫は元々はお坊さんにくっついていた野良猫で、寝てから目覚めるまでお坊さんのそばでお経を聞き覚えていた。

お坊さんは修行にはげんでいてごはんをあまり食べないから猫はいつもお腹がぺこぺこだった。猫は飯を簡単に手に入れるためにお坊さんの数珠と帽子と袈裟を盗んで逃げたのだった。

何年間もお坊さんに着いていった猫は、どんな人でもどんな動物でも数珠を持ったお坊さんを尊敬しているのを知っているから、歩いてて鼠の村にやってきた。

鼠たちの家の近くに正座をして数珠を持ちながら目を閉じてお経を唱えはじめた。

気になった鼠たちは猫を遠くから見てて近づくことを恐れてた。

猫はあぐらしながらぶつぶつと言い、数珠を回してて何日もそこから動かずにいた。猫の周りに鼠たちがあっちこっちと行き、座ったりしてても猫は目を閉じたまま、鼠たちを一切気にせずお経をとなえるから鼠たちもだんだん油断して猫を恐れなくなった。

「私は今まで生きる中で命ある者を胃袋に入れて来て神様から大きな天罰をうけた猫なんです。命ある者を傷つけることを我慢し、人生を一からやり直したいと心かけている。だから私は遠くから君たちのためにどう正しく生きるかを教えに来たのです」

その日から鼠たちは猫のことを、先生と呼び、お経や言うことを真面目に聞き、尊敬するようになった。

何日かたった時に、村長には、村の鼠たちが少なく見えた。

村長が歩いていて猫のうんちを見てしまった。

猫のうんちには鼠の毛や、骨がまざっていた。村長は猫に内緒ですぐに村の鼠たちを集めました。

「儂はさっきほど恐ろしいことを目にしてしまいました。私たちの尊敬している猫先生は私たちを騙して、我々の仲間や兄弟や姉妹や家族を内緒で食べています。私たちの人口が少なくなっていることに気づきませんでしたか？　なぜかというと、猫先生のうんちに私たちの毛や骨がついているのを見ました。だから今すぐに鈴を見つけてきて下さい」と村長は鼠たちに命令をした。

鼠たちは動き、鈴を探しはじめた。

しばらくして鈴を見つけてきた。

鈴に紐を通した。

「よーく聞いて皆、今日は猫先生の勉強会で、勉強が終わったら一列になって行ってね。それで鈴がなったら早く逃げてね」と村長が鼠たちに教えた。

勉強会がはじまる前に鼠たちが紐がついた鈴を出した。

「先生、これは私たちからの小さなお気持ちです。先生に似合うと思ってこれをさしあげます」と鼠の一匹が猫の首にあの鈴をつけた。つける時に鼠はものすごいドキドキした。猫先生は嬉しそうな表情されていた。

勉強会がはじまり、鼠たちはいつものように真面目に聞いていて、勉強会が終わり、一列になって歩いていると鈴が急になった。村長に言われたとおりに鼠たちは逃げたんだけど、残念ながら一匹の鼠がすでに猫の手にあり、目の前で仲間の一人を食べられるところを見ることになった。猫は美味しそうに食べた。

仲間の一匹を食べられた鼠たちは、猫を見る目が一気に変わった。

良い人を装ってお坊さんのふりした化け物となるその猫を信用した結果、村の鼠の数が減って、たくさん苦しんだと泣きそうになりながら、村の全鼠が荷物を纏めて一斉に逃げた。

猫が気が付いた時には村に鼠が一匹もおらず、猫一匹だけ残っていたから（俺ってなんてバカなんだ。うんちをちゃんと隠してたらこんなことにならなかったのに。鼠を食べる自分のずるさと計画が壊れることなかったのに。これで食べる物もなく、あのお坊さんのところに帰れなきゃいけないの？）とがっかりしながら帰った。

こんな事件から猫は清潔感を大事にし、うんちを隠すようになったという。鼠は猫を二度と信用しなくなり、猫を見ると逃げるようになった。

猫は歩いていてあるお坊さんを見かけて、自分がお世話になってたお坊さんだと思って喜んで早足で行ったら、全然違うお坊さんだった。袈裟がぼろぼろのそのお坊さんは猫を見てにこっとした。

「君はだれ？　僕は野寺坊だよ」と自分から言ってきた。

猫はさけてたのに野寺坊が「君、お腹が空いているみたいだけど大丈夫？　なにか食べる？　僕のいる寺に着いてくるならごはんを用意するよ」と言うから猫が付いて行ってみようと気持ちになった。

野寺坊を付いて歩いてて止まった。

「これが僕のいる寺だよ。中に入ろうね」と猫が野寺坊と一緒に寺に入った。

寺の中は思ったより暗かった。

「そこに座ってて今すぐにごちそうもってくるから」と野寺坊がいなくなった。

しばらくして野寺坊がごちそうをもってきて並べていたら、たくさんのごちそうでいっぱいになった。

猫は喜んで食べはじめた。

食べている最中に急に後ろから誰かが噛んできた。痛みにおそわれた猫は「にゃー」と大声で鳴き、噛んだやつが一生離せなかった。猫の記憶がなくなるまで噛み続けていた。猫が記憶を失った。やっと猫を離して、猫を噛んだのは頼豪だった。

記憶を失い倒れた猫の周りにあっというまに鼠たちが集まった。

「こいつもう死んだから大丈夫よ、後は任せたね」

「この猫、本当に死んだんですか？」

「ええ、心配なく。もう二度と目を覚ますことはないよ。あの世に行ったから」

「わかりました、ありがとうございました」

「いえいえ、君たちが困っていると聞いて、力になりたくてね」

「ありがとうございます」と鼠の村の村長と鼠たちが何度も頭をさげた。

鼠の村の村長は、お坊さんに化けた猫の行動や何匹かの鼠たちを食べられた悔しさでどうしようもなく、頼豪に頼んでみたらあっさりと受け入れてくれた。

それで頼豪が野寺坊にあの猫を捜してなんとか連れてくるように頼んだ。野寺坊が猫を捜した結果、つい見つけて寺に連れてくることに成功。

猫が死んだので鼠たちが大喜びでお祝いをした。

第三話・二人の馴れ初め

弟とそのお嫁さんとの出会いは、お嫁さんが弟の実家を助けたことだった。

真夏のある日、大雨が降った。

弟は実家の事を心配して遠くから急いで戻って、着いた頃には雨が止んで曇りの空になった。

弟は頭を抱えて、もう終わりだと思い、心が沈んだままで行ってみたら家の使用人が「若旦那様ー」と言いながら来た。

「おお、遅くなってごめん」

「大丈夫だよー」

「ね、家は？　家は？」

「それが、なんと、助かったんだよ」

「え？　なに言ってるの？」

「不思議に家が助かったんだよ」

「助かったってどういうこと？」

「ある女性が、誰よりも早く家が流れると泣き声を出したおかげで、私たちが家を守ることができました」

「ほお～ほお！　その女性とぜひ会って見たい。どうやったらあの女性と会えるかな？　感謝の気持ちを伝えたいから」

「わかりません。けれど、あの女性はお米をもらいに来てるから、またお米をもらいに来た時に若旦那と会わせるようにしてみます。しかもものすごい美人なんです」

「それより、早く探し出してほしい」

一ヶ月後にあの女性がお米をもらいに来た。家の使用人が見たとたんに「ね、ね、ちょっと来て」

「え？」

「君と会いたいという人がいるのよ」

「あたしと？」

「今大丈夫？」

「ええ大丈夫ですけど…」

「じゃあ、ちょっときてほしい」

あの女性を連れてある部屋の前に来て、ちょっとまってと家の使用人が一人で部屋の中に入った。

「若旦那様！」

「どうした？」

「来ましたよ！」

「誰が？」

「あの女性が！」

「あの女性が？」

「そう」

弟は部屋から出たら横で立つ一人の女性が横からでもその美が溢れて出ていた。

「こんにちは？」

「あっ、こんにちは」

「あの、あの…」

「はい？」

お嫁は美しすぎるから弟は緊張したのあまりなにも言えることができなくなった。

「なにか？」と首がかしげる動きも可愛すぎた。

「あの、あの、君を、僕の、家を助けてくれたと聞いたが、間違いないですよね？」

「ああ、この家のこと？」

「はい」

「そうですね、間違いないです」

「もし嫌じゃなかったら、今晩、一緒にごはん食べませんか？」

「今日ですか？」

「はい…」

「今日はちょっと…」

「今日だめなんですか？」

「はい。私、お米もらいに来ただけなんですけど、こんなことになると思わなかったし、家に両親もいるから夕飯を作らなくちゃいけなくて、夜は家に帰ります」

「そうですか…家を助けてくれて感謝してるんですよ。だから欲しいものがあればなんでも言って、なんでもあげるから」

「なんでもって言ってって、そんなお金持ちなんですか？」

「いや…」

「それじゃ、お米を一俵をください」

「わかりました。それでは一俵のお米を家まで運んであげる」

「いいえ大丈夫です」

「え？」

「私自分で運ぶから」という言葉に弟は驚いてしまった。

あんな重いお米をどうやって家まで運ぶんだと思い「そんな重いお米を本当に一人で運ぶの？」

「ええ、普通に運んで行くけど？」

弟は家の使用人にお米を一俵を持ってきてと頼んだ。

家の使用人がお米を何人かで持ってきた。

「これが私の持っていくお米ですか？」

「はい」

「それじゃ、持って行くね、ありがとうございました」とあの女性は言って、一俵を簡単に持ち上げ、肩に載せた。

周りにいた全員が口を開けて、たまげてしまった。お米を運んできた男たちも自分たちがあんなに力を使って運んできたのに、あの女性がどうしてこんなに簡単に持ち上げるんだと思った。

「あの、また会いたいです」と弟が我慢できず言った。

「ええ、もちろん」

「いつ？……」

「いつがいいですかね？」

「明日とか？」

「いいよー。明日また来るね」

と普通に歩いて帰った。

翌朝。

弟は早起きをした。

今日があの女性と会う約束の日で、朝からお風呂に入った。家でうろうろして落ち着かない。

「若旦那様」

「ん？　なに？　誰か来た？」

「いいえそうじゃなくて、なんか落ち着かないなーっと思って」

「なんだよ、そういうことかよ。誰か来たと思ったのに」

「まさか、あの女性を待ってて落ち着かないの？」

「昨日は今日来るって約束したから」

「それにしても、すごい美しいよねー」

「うん」

「あんな美しい女性を今まで見たことないな〜」

「うん、俺、あの女性のこと好きだわ～」

お昼になるぐらいに「こんにちは」とあの女性がやって来た。

弟は来たと聞いてすぐに外に出た。

「本当に来てくれたー」

「そう、来るって言ったじゃん」

「ありがとう」

二人は外に歩き、お喋りをした。

「私、これで帰るね」

「もう帰るの？」

「はい。両親にごはんを作ってあげなくちゃ」

「また会いたいな～」

「ええ、また会おう」

弟は気持ちを押さえて帰った。

あの女性は一週間に何回も弟に会いにきた。

弟はあの女性の家に行ってみたいと言うが、女性は嫌がって、いろんな理由をつけて家を教えない。

弟は顔もイケメンで、すらっとして背が高くて、いろんな女性にもててちやほやされていた。好意のない女性に対しては、質問されてても違うことを言い、自分のことを隠して教えてくれない。

弟はあの女性と会う度に違うところに連れて行き、女性を楽しませていた。女性は弟にだんごをおすすめられて好きになった。

あの女性は弟のことを好きになりそうになった。

弟は長い付き合いをせず、あの女性を自分のお嫁さんになってほしいとお願いをした。

ちょうどその時、あの女性の両親が亡くなったと、弟に言った。だから一緒になるのに時間がかかると言う。弟はどうやってあの女性の心を慰めるかをわからなかった。できることはただただ側にいてあげることだと思った。

数日経った後に女性が弟のところへ急いだ感じでやってきた。

弟はびっくりして話を聞くと、なんとお腹に何かいるという。

意味をわからず、おなかに石でも入ったんか？と聞くと、女性は怒った。

「そうじゃなくて、妊娠しているの」と言った。

弟はびっくりして「俺の子？」と言うと「あなたの子じゃなきゃ誰の子になるのよ、

あなたの子に決まっているじゃん！　今日まであなた以外の男と深い関係になってないわ」

弟は、自分の子ができたと知って飛び上がるぐらい喜んだ。

お嫁さんは両親の亡くなったことを弟に伝えず、妊娠のままお葬式を家で一人でした。

お葬式が終わった後に、弟の家に再びきた。

「俺、近いうちに結婚式をあげたいんだよね」

「そうなの？」

「俺、君の両親と挨拶をしなくちゃ」

「別にいいよー」

「なんで？　今まで一度も会ったことないじゃん」

「もう会わなくていい。もう亡くなったから」

「え？　本当に？　いつ？」

「そんなに聞かないで」とお嫁は暗い顔をした。

お嫁は弟の家に嫁いでから家事を一生懸命にやる。

兄弟の両親は弟のお嫁を気にいったから、嫌がることもなく、文句も言うこともなく受け入れた。お嫁さんは、性格がよくて、やさしくて、料理の腕前は完璧で、お掃除や洗濯ができる上に縫い物もうまくて、周りからはよくできた娘だとほめられ、気に入られた。

第四話・お嫁の独身時代

お嫁の名前は山菜と書いてセンナと読む。

元々は尼さんだったらしい。

当時は人間の尼さんは友達二人で山で修行にはげんでいて、山での暮らしでの食料は草や木の実や、きのこなど失踪なものばかり。

三人は仲は良くてお互いにはげましながら修行にはげんでいた。

三人の中でも一番年上の尼さんはとても優しい女性だから、仲が良かった。

ある日、急に空から三つのおにぎりが降ってきた。

このおにぎりを「神様から日頃のご褒美だと思います。皆、ありがたくいただきましょう」と一番年上の尼さんが言った。

不思議に、それから毎日空からおにぎりが三つ降ってくるようになった。

おにぎりが降ってくるのが当たり前になってしまった三人には「もっと食べたい」と思うようになった。

一番若い尼のセンナが一人でいた時に誰かが声をかけた。

声をかけた人は一人の若い男性だった。男前で結構外見のいい男性。

若い男性が毎日声をかけるようになって、センナは男性と仲良くなって、空から降ってくるおにぎりのことを男性にしてみた。

「それを降らしているのは、実は、俺だったんだよ」

「え？　どうやって普通の男が、人間がそんな事をできるの？」

「実は俺…雷なんだよ」

「はぁ？　嘘でしょう？」

男性は本当に雷でした。

センナに一目ぼれしたから、おにぎりを空から降らすようにしたと。

雷男はそれでも満足しなくて、センナをもっと近くから見たいと、お喋りしてみたいと、仲良くなり距離を縮めるために地上に降りてきた。

数日後に、雷男が雲の上に仰向けになっていた時に、下で、一番年上の尼がもう一別の尼はもう一人の尼がセンナに内証でなにかを言っているところを見てしまった。

話の内容は、一番若い尼を殺してしまえば、おにぎり一個分多く食べられると話していたのを聞いた雷男はすぐに動いてセンナを捜した。

雷男はセンナを見つけてすぐに雲に乗せた。

「急にどうしたの？　なにするのよ」

「俺の言うことをちゃんと聞いて。君はあの二人から逃げなければならない」

「なんで？　なんでそういうことしなきゃいけないの？」

「さっき、あの二人の話を聞いちゃったの」

「どんな話してたの？」

「言うのがあれだけど、あの二人は君を殺そうとしている」

「え？　なに言っているの？」

「ね、俺を信じて」

「いいえ、あの二人はそんなことする人じゃない。強く決めてあの山まで一緒に来て、あんな厳しい修行にはげんでいる人たちがそんなこと思いつくわけがない」

「とにかく早めに山から下りて別の所で暮らしたほうがいい」

「いや、ここまできて諦めることにはできない。もしあたしが一人だけ山から下りたらあの二人を裏切ったことになる」

「いいから俺を信じて」

センナはしばらく黙っていて、雷男の話を信用して山から下りることを決めた。

雷男は若い尼を遠くに下ろした。

「ね、最後のお願いがある」

「なに？」

「あの二人におにぎりをあたえ続けてほしい」

雷男はセンナのお願いだからしかたなくあの二人におにぎりを降らすことにした。尼の二人は一番若い尼の雷の恋人の尼を山中に探した。山から下りることできないから、ぎりぎりに下まで探した。いくら探しても見つからないから諦めた。あれから、年上の尼はもっともっとおにぎりを食べたくなり、もう一人の尼を手にかけてしまった。

それを見てしまった雷男は一番年上の尼におにぎりを降らせることをやめた。飢えに耐え切れなくなった一番年上の尼は一人で山を下りるが、その姿はやがて優しい姿とは程遠く浅ましい山姥の姿になっていた。

地上に下りたセンナは雷男と一切会わなくなってからは一人で山の奥に住むようになって、寺に行って再び厳しい修行にはげんで巫女になった。

けれど、なぜか山姥に妖怪化してしまった。

人も食らい、夜の山の中で道に迷った旅人にはたご屋を用意してあげます。

最初は優しく食事などを振舞うが、旅人が夜寝た後に食い殺していた。

山姥は山に棲む女の妖怪。

普通の女の姿で現れ、妖怪の一種。

彼女は自然そのもので、時々人間界に遊びに出かける。表面は恐ろしく見えるが、内面は恐ろしくなく、苦しくて寂しくて天然。

第五話・お嫁の実家

お嫁の母は元々山母で山姥、父は山男で山爺。

娘のセンナは真っ黒な濡れ髪の姿で、美声で歌う。

センナには姉や兄がいたけれど、一人立ちして行ったから、家にはセンナしか残ろなかった。

その姉兄は、イザナミと火の神と金鉱の神、粘土の神、水の神、食べ物の親神で、センナは愛情いっぱいに育てられて二十歳になった。当時珍しい色の着物を着ていた。

父と母は木の皮を綴ったものを身にまとった普通な人に見える。

母は若い時は悪ふざけが好きだったらしくて、夕方に山道に現れたり、山から祭りや、祝い事の音を流していて、その音を聞いた人の心が高ぶり、音をするほうへいくら行ってもなにも見ることができない。聞こえてくる怪異はセンナの母の仕業。

近くには山童という妖怪も住んでいる。

山童は元々別の山にいて、センナの父と知り合いだから、センナの住む山に来た。近くの川からも河童がセンナの家にときどきごはん食べに来ている。

山童は自分を山ん太郎と呼んで欲しいと言う。

姿は人間の十歳の子に見えるが、髪の毛は長くて赤くて、前髪は目にまでかかっていて、全身が細かい毛に覆われていて、顔が丸く耳は犬のようにとがっていて、目は一つ。

「やーせんな、熱いね」

「おお山童、どうしたの？」

「疲れたー、なんか食いもんくれや」

「お腹がすいたの？　なんで疲れたの？」

「ああ、さっきね、山に人が来てて、しかも一人でね、それで仕事に手伝って欲しいと頼まれて、手伝ってあげたら疲れたの」

「で、お礼に何かもらったんじゃない？」

「どうしてそう思うん？」

「だって、手伝わせた人は酒かにぎりめしをくれるでしょう？」

「そうだけど？」

「それで、飲んで食べたんじゃないの？」

「そう、酒を飲んで、にぎりめしを食べたよ」

「なのにうちでまたごはんを食べる気？」

「いいじゃないの」

「おまえが言うんかい。でも山童のおまえは人間の言葉も喋れて、才能あるよね」

「いやいや、ほめられて嬉しいよ」

「はい、ごはんできたよ」

センナの作ったごはんはコウゾとトコロをつかったおかゆだった。

山童はコウゾとトコロしか食べない。

山童が時々センナの家に来るから用意していた。

「山童」

「うん？」

「山仕事を頼んだ人が、ちゃんと約束した物をあげてるかい？」

「ええ」

「よかった。お礼の品物を必ずはじめに約束した物ではなく、違うものを渡す人いるよね？」

「ああ、いましたね」

「違う物を渡した人はひどいめにあうよね」

「そうそう、約束を守らなかったからね」

「でも、おまえ、食い逃げしてないか？」

「大丈夫だよー」

「おまえ、仕事する前にお礼の物をもらうと食い逃げするでしょう？」

「あんまりそんなこと言わないでよ」

「別の地域で暮らすヤマゴロは仕事で山に入った樵から弁当を奪う悪戯をしてるのよくないよ」

人は山仕事が多い時に、山童って名前を出さず、山の若者に頼むかと言って山童に仕事を頼む。

「墨壺が大嫌いよね」

「うん」

「最近おとなしいじゃん」

「うん？　どういう意味？」

「相撲をとったり、馬や牛にいたずらをするのが好きでしょう？　で、人の家に勝手に入ってお風呂に入って行くこともあるでしょう？」

「ああ最近はちょっと休んでいる感じ？」

「おまえが、人の家のお風呂に入ったとわかりやすいよねー。湯船には油が浮いていて汚く、とても臭いでしょう？」とセンナは笑いました。

「最近、大きな木が倒れてくるような音を発するおまえは、その音を出している？」

「どうして？」

「山から下りた時に全然聞こえないから」

「その音より、歌を歌うことにはまっている」

「そうだ！　おまえ、人間の歌を真似して歌うよね」

「でも、人々の中でおまえより天狗の印象が強いから、それを天狗の仕業だと思っているらしいよ」

「畚から土を落とす音より、あたしが一番驚いた音が爆発する発破音」と聞いた山童が大笑いした。

「なに笑ってるんだよ。それより、最近人間がおまえの通り道に家を建てたりしてない？」

「最近はそういうのないね」

「その通り道に家を建てるとおまえすごい怒るよね、家の壁に穴をあけてたね。でもなんで川に戻るおまえを見に行こうとする人が病気になるんだろうね」

「春になったら川に戻ろうかな？」

「戻ろうかなじゃなくて、普通に戻るんでしょう？　今は秋の彼岸だから山で山童になってるだろう？」

「ああそうそう」

「もうすぐ六月の一日になるから山から下りて川に行って山童から河童になるんでしょう？」

「そうそう」

「ね、あれ、ここの川に遊びに来ている？」

「あれってなに？」

「あれだよあれ、えーっと、カシャンボ」

「ああ、あいつ？」

「そう」

「あいつと最近会ってないわ」

「元気かな？」

「元気に決まってるじゃん。君けっこう可愛がってるよね」

「だって可愛いじゃん」

「そう？」

「兄弟のゴウライ、オンガラボーシ、ドンガス、ヒトツダタラ、カシランボ、カシラも元気かな？」

「知らん、俺に聞いてもな…」

「青い碁盤縞の着物の姿が可愛いんだよねー」

カシャンボの別名はガオロ、カシャンボは山での名前で川に戻るとガオロハって呼ばれる。山童より下に見えて、六歳ぐらいの子供の背丈で、夏は川に、冬は山へ籠る生活をしている。頭に皿をかぶり、青い衣を着ていて、人間の目に見えないが犬や動物にははっきり見える。人間の唾が大嫌い。山で木を切り倒す音を出したり、音による怪異を生み出してた。山童のより音源の能力を持っている。

センナと出会ったカシャンボは、毎年秋に新宮川を遡って来た挨拶に訪れていた。

センナは家の奥にいる時に、小石を投げるかたちで自分を来たと知らせる。

カシャンボの性格は河童と同じく悪戯者で、山の中で作業しに来た人の馬を隠したり、牛小屋にいる牛に涎を吐いて牛を苦しめることをする。

こういうことを連続でされて頭にきた家主は誰をやってるかを正体を知るために牛小屋の戸口に灰を撒いておいた。

翌日の朝に牛小屋を確認しに行ったら、そこには水鳥のような足跡が残ってたから家主の怒りが一気に消えて、牛小屋を守る他の方法を考えることにした。

「セコもうちに来ないね」

「俺もセコと全然会ってない」

「セコも愛ぐるしいよね～焼餅が好きだから餅を用意してるのに、セコの通り道に家を建てちゃうと、セコが家の中に入らないのに石を投げつけたり、家を揺すられるらしいね」

　セコという芥子坊主の頭の一つ目の二歳ぐらいの子供の妖怪もセンナの家にたまに遊びに来てました。猫にしか姿が見えない。老人か子供のような声を出すことができて、人に悪戯もする。後ろで鳴き声が聞こえたとしたらすぐに別のほうからも鳴き声が聞こえて人を惑わせる。足跡が一歳ほどの子供に似てて、川と溝を一本の足で歩く。岩を転がす音や石を割る音をたてる。山に入って山の小屋で人が少し休みに入っていた時に小屋を揺すぶったり、木を倒れる音を出す悪戯をして、怖がって出て行く人を見て楽しむ時もある。山道を歩く人の手と足をつかんで遊ぶのがまだよかったけど、人を騙して道に迷わせて怪我をさせる。でもその人が焼餅をもっていると欲しがる。大工からはどうして墨壺が欲しいのって聞かれてもなにも答えずただただ「それ欲しい」と言う。

　セコに悪戯されたら鉄砲を鳴らして「今晩は俺が悪かった」と言ったほうがいい。

　いわしが嫌いだから「いわしをやるぞ」って言うと効果があるから、知っている人は使っている。

センナとセコとの出会いが夜の山の中でした。

センナが夜に山に歩いていると楽しそうに歌う声が聞こえたから、声をしたほうへ行くと木の周りで歌い踊っている子供なんかを見て愛ぐるしくてずっと見てると、センナに気づいたセコは歌と踊りをとめた。

山の中でヒョウヒョウ、キチキチ、ホイホイと泣くからセコの鳴声だとすぐわかる。山から下りる時は「カッカ」と鳴いたほうがいい。

「木の子にも木の葉で衣服を作ってたよ」

「そんなことしてたの？」

「二歳から四歳の子供に見えるけど、人間に影にしか見えないんだって。いるかいないかはっきりしないらしいよ。山で仕事をしている人が油断したら弁当を盗んで悪戯したら、人が棒を持って追いかけたと聞いたから笑っちゃった」

「そうなんだね」

ある日、ある家の子供の帰りが遅く、親が探しはじめた。一日中探しても息子がどこにもいない。母は泣き、父の心が落ち着かない。

次の日を迎えた。

息子が帰って来た。母は息子を見たとたん抱きしめた。

「どこ行ってきたの？」

「さっきまで相撲をとって遊んでいた」

「なに言ってるの？」

「青い衣を着た子供と遊んでいた」

「はあ？」

「あの子はね、とても強かったけどずるかった。僕に相撲をとろうと持ちかけて、急に地面に唾をつけたから僕が勝ったんだよ。そこに珍しい色の小袖に真っ黒の髪の毛のお姉さんが現れて僕をそこから連れ出した。それで僕が帰ることができたんだよ」

母は、息子の話がおかしいと思った。

第六話・優しさ

家に炊くお米がなくなり、困ってしまった。

センナは母に出掛けてくると言い、着いた先は、今の夫の家。

夫の家はその辺りで一番金持ちの家だったから、お米をお願いしてみようと思った。

夫とまだ出会ってない頃のこと。

夫の家の使用人の人の中で一番優しそうな人を選んで声をかけた。

センナはお米を二合をお願いすると、家の使用人は嫌がらずに、お米を二合どころか、三合あげた。センナは大喜びでもらった。

センナは縁側に座ってて立つと、床が鳴ったから家の使用人が驚いた。

お米をあげた家の使用人の女性は天を見てため息した。

「ため息なんかしてどうしたんですか？」とセンナが聞いてみた。

「今日って月の十三日でしょう」

「ええそうだけど？」

「月の十三日と二十日に洗い物したり、水を使ってはいけないの。だから悩んでいるのよ。この日は山姥の洗曜日で、十三日と二十日は必ず雨が降るから嫌なのよ。で、今空が晴れてても狐の結婚式だったらどうしよう」

「雨を司る山神の巫女の禊の日でもあるよね？」

「ほんとうに、よりによってこんな日に洗い物を押しつけるって…」

センナは大きい釜でお米を二合を炊くと、釜が二合で一杯になる。

センナは用事があって暗くなったときに出掛けて真夜中の田んぼ道に歩いていると、一列になって歩く人たちとなにか喋っている一人の女性がいた。センナは様子を見ることにした。女性はその人たちと喋ってて、その人たちの持っている火からわけてもらっていた。それで女性が早足で帰っていった。

センナはかくれたままでいたら、目の前にその一列が通りすぎた。その人たちをよく見ると、葬式の行列でひたひたと歩き、ゆらゆらとゆれる灯りは提灯で照らしだされる全員の顔は青白くこの世の人ではない気配がした。

女性は行列で歩く人たちと会う前に、姑から「おまえも知ってると思うが、大みそか晩の火をけっして消してはならないとね。私はもうこのとしだから嫁のおまえに頼みたいのよ。なにがあってもこの火を消せないでくれ」と言われた。

女性は火を消しちゃいけないと、燠をたくさんこしらえてしっかりと灰をかけた。それでも心配で囲炉裏のそばで寝ないでいることにした。

昔から囲炉裏を守るのはその家の女の大事なお仕事だった。そのなかで大みそかの火は特別で、その火を守れなかったから家から追い出された嫁が何人もいた。だからその女性は寝ちゃだめ、絶対に寝ないよとばっかり考えていた。

昼にお正月のしたくやら準備で一日中ばたばたと忙しくて動いていたからとうとうと寝てしまった。はっと気が付いて目をさましたころには、囲炉裏の火はもうすでに消えていた。

「やだ！　あたしとんでもないことしてしまった」と慌てて灰の中から火だねも出てこなかった。

その火がなければお正月をむかえられない、おかあさんになんて謝ればいいんだろうと思った女性は囲炉裏の前でただただおろおろとするばかりだった。

（そうだ！　外に出れば誰かが火種をくれるかもしれない）と思いついて外に出て、あたりを見回した。だけど、誰も見当たらない。嫁の手も足も冷たくなった。遠くに赤い火がちらちらと揺れているのが見えた。

女性は喜んで走っていった。一列になって歩いている人たちだった。女性は声をかけて「すみませんが、その火を譲ってください」

行列がぴたりと止まってその中の一人が振り向いた。

「この火がほしいかい？　そしたら仏ごとに持っていってくれ。そしたらこの火をやろう」と振り向いた人が言った。

女性は火をもらいたい一瞬で、仏ごとにいただきますと、蝋燭の火と一緒に仏の入ったかんおけをもらった。嫁は帰ってきて仏の入ったかんおけを小屋に隠して囲炉裏に火をつけた。

そして無事にお正月は終わった。

数日後に、センナは父と母と家にいた時に扉を軽く叩く音がした。

変に思って扉を開けてみたら何人かの子供がいた。

「君たちどうしたの？」

「あたしたちはこの山で迷子になってしまいました。今晩だけでもいいから泊めてほしいです」

外も暗くなってきたし、泊めてもいいかなと思って子供たちを家に入れた。

子供たちは三日もセンナの家ですごした。

三日も泊めたのだからもうこれ以上は泊めることはできないと考えたセンナは父と母と相談して、元々家があり、ただ迷い込んできた子供たちだから、家に置き続ける必要はないと子供たちをつれて山から下りた。

子供の何人かはセンナから離れるのが嫌で泣き叫んで残った。

センナは子供たちに「ちゃんと家に帰るんだよ」と言いいなくなった。

センナは川の近くを歩いていたら、女性の泣き声が聞こえた。

気になって泣いている女性を見ると、なんと、自分にお米をあげた女性だった。

泣いている理由を尋ねたら、先輩たちに毎日いじめられて耐えられなくて仕事中に抜け出して誰もいないこの川に来たと。

センナは胸元からある玉を出して女性に渡した。

「心の優しい君にこの玉をあげましょう」

「これは…」

「この玉を持った人は大変なお金持ちになり、永遠に幸福でいっぱいに生きることができます。意地の悪い本人であるその人にはこの砂をかけてやれ。そうすると、意地悪い本人に一生不幸をもたらすよ」

女性が受けていたいじめは、後ろから突き飛ばされたり、一人だけ怒られて怒鳴られたり、皿を割ったと給料から多く引いたり、他人の仕事までやらせて自分で何もやらずほかの人と楽しくお喋りしたり笑ったりしていた。

何ヶ月後に大雨が降った。

時々お米をもらっていた家、弟の家が大水で流れそうだと誰よりも早くに見掛けて

「家が流れるー」と泣き声のような声をあげると、家の人がセンナの言うことを理解してすぐに動きだした。

センナのおかげで弟の家が流れることなく助かった。

弟は大雨のことが耳に入って早めに家に戻ったら家の使用人がセンナの事を話した。話を聞いた弟はセンナと会って感謝の気持ちを伝えたいと思い、センナの居場所を探すように頼んだ。

センナを探してもどこにもいなくて、知る人は少なかったから見つからない。

センナはまたお米をもらいに家にやってきた。

「センナちゃん、ちょうどよかった」

「え？」

「来てくれてありがとう」

「え？」

「お坊ちゃまが君を探してるんだよ」

「私を？」

「はい。今すぐにお坊ちゃまと会ってほしい」

「そうなんだ。べつにいいけど」

家の使用人は弟にセンナが来たと伝えると、今すぐに会いたいと立ち上がった。

弟がセンナを待っていて、センナの顔をはじめて見て一目で惚れてしまった。

弟はセンナを自分のものにしたい、自分の女房にしたいと思った。

これが弟と嫁のセンナとの出会いだった。


センナはお米をもらいに行く途中で、ある男性と道端で会った。男性は大きな石の上に座っていて疲れた顔をしていた。

センナは気になって「こんにちは」と声をかけた。

「こんにちは」

「これをどうぞ」とセンナはもっていたお茶をあげた。

「ありがとうございます。でも自分の分があるのですか？」

「あるよ。おにいさんはどこまで行ったんですか？」

「いいことをしての帰り道です」

「どんないいことしたんですか？」

「とのさまが急に六十の谷こかしといって、年よりが六十になると山に捨てるというおきてを出したのです。僕のお母さんは今年六十になる年なのね、それで、年をとって足腰が弱くなった大好きなお母さんを捨てることができない僕はお母さんをかくしたんです」

「そのとのさまって急にどうしたんのよ」とセンナは笑った。

「僕はお母さんの優しさにやられて強く決心をしたんです。お母さんを山に捨てないとね」

「どんな？」

「お母さんをおんぶして山に登っているとお母さんは木の枝を折ってた。それでなんで木の枝を折っているのって聞いたら、僕が山から下りる時に道に迷うといかんと思ってから木の枝を折ってた。それをたよりに下っていけば迷わないですむとの言葉に僕の気持ちが一気に変わったのさ、どんなおしおきをうけてもいいと思ったの」

「だけど、そのとのさまなにも考えてなかったんだね。六十になった人を山に捨てたとしても、迷惑ってわからないのかな？　山にもいろんな妖怪や山姥などが住んでいるのに、他所の人を勝手に山に捨てたらこっちが困るけどね。ゴミもそうだけどね。それで続きを話して」

「三つの難題をだされたのです。一つは同じで、二匹の馬のうちどちらかが親馬でどちらかが子馬か区別してみろと。二つ目は、打たん太鼓に鳴る太鼓を持ってこいという。三つ目はあくで縄を持ってこいと」

「すごい難題だね。もし解けたらなにかごほうびはあるのか？」

「ええありました。どんな願いでも望みどおりにするとね。僕はふと思ったんよ、僕のお母さんならこの難題を解けるかもしれないってね。お母さんに聞いてみたら教えてくれたんです。さっそくとのさまの所へ行って話してみたんです。で、とのさまは『うーん、なるほどねー、すごいねー』と言ってました。とのさまはけらいに僕の言った方法を試してみてと言い、けらいが僕の言うとおりにやってみたらちゃんとできたのです。なにからなにまでね」

「とのさまはびっくりしたでしょう？」

「ええ、しかも僕の言った方法はお母さんから教えてもらったと言ってやったのさ」

「すごいね。願ったのはなんだったの？」

「これからは年寄りを山へ捨てないようにしてもらってもいいですか？　とお願いしたのです」

「ああ。それが君の言ってたいいことをやったってこと？」

「そうなんです。とのさまは自分が悪かったと言って僕に他にたくさんのごほうびをくれたんです」

センナはその男性と別れて弟の家に行ってお米をもらって自分の家に帰ってきた。

「お父さーん、帰って来たよー」

「おお、お帰りー」

センナは周りを見て「ね、お父さん」と言った。

「なにセンナ?」

「お母さんは?」

「ああ、出掛けるとしか言ってないよ」

「最近お母さんの帰りが遅いよね」

「気づけばそうだね」

「なにしてるんだろう?」

「そうだね。聞いてみたら」

「うん、そうだね、聞いてみたいと今まで思ったことなかった」

センナはおとうさんとそういう話をしてるとお母さんがちょうど帰ってきた。

「あっ、お母さん、おかえり。ちょうど噂をしていたところだ」

「えっ!　あたしのこと?」

「うん」

「いひひひひ」とお母さんが笑った。

「お母さん、最近帰って来るの遅いじゃん、なにしてるの?」

「ああ、そうだね。あたしがいつも休憩して座っている高いところでの小さな岩あるじゃん」

「ああ、あの小さな岩ね」

「いつもの休憩しているとね、最近はね、若い男性が通ってくるの」

「へー、でもそれめずらしくないよね?」

「めずらしいよ」

「そうなの? なんで?」

「一人目の男性は私を見て見ぬふりをして通りすぎようとしてたの。だから『どこに行くの?』って聞いてみたのさ」

「お母さん、相変わらずだね」

「行ってるのが、もどらず山みたいだったから。若干気になるじゃん」

「それでどうしたの?」

「あの男性はね、もどらず山でならなしをとりに行くって言ってた。名前を聞いたら太郎って言ってた」

「あの山へ行く道って、真っすぐに行くと道が三本に分かれているよね？　笹も三本立っているよね？」

「そうそう」

「だけど、その道に入ると笹の言うことを必ず聞かなくちゃいけないよね？」

「そうそう。だけど今の若者たちは人の言うことをちゃんと聞きやしない。それですぐに怒る」

「そうなの？」

「あたしがね、あの笹が行くなっちゃカサカサ、行けっちゃカサカサとなっているからね。行けっちゃカサカサと言ったほうへ行くんだよ。それでその先には川があって、ザンザンとなってる。もし戻れやザンザンとなっていたら戻るんだよって教えてくれてもね、生返事をしてた」

「もうダメなやつじゃん。死んじまえ」

「そしたら何日後にいつものように休憩していると。太郎と同じく若い男性が歩いてきたの。しかも顔も太郎と似てたよ。太郎と同じくもどらず山でならなしをとりに行くと言ってた」

「なにそれ？　その男性、太郎と同じことを言ってるね」

「そうなの。名前もね、次郎と言ってた」

「名前も似てるね。兄弟じゃない？」

「でもさ、あたしがね太郎に言ったように次郎にもその道に入るときに起こることを言っても聞きもしなかった」

「へーすごいね」

「次郎はそのまま行っちゃったのよ」

「次郎もそうなんだ」

「だけどね、その何日後かにもね、いつものところで休憩してるとある若い男性がやってきたの。でもその若い男性が前の太郎と次郎と違うの」

「どう違うの？」

「その若い男性を三郎と言って、二人の兄を探しに来たと」

「へーまさかあの太郎と次郎の弟とか？」

「そうなの。しかも、三郎はあたしに近づいてきて『ちょっとお訪ねたいことがあります。兄二人がもどらず山へならなしを取りに行ったのですが、戻ってきません。お母さんは病気で家にいて、兄の戻ってくるのを待ってるのです。なにか知っているのなら教えてくれませんか？』と丁寧だった」

「へー、礼儀正しい子だね」

「そう、そんないい子だからあたしが優しくなっちゃうんだよね。それで三郎に言ってやったの」

「なんて言ったの？」

「君はいい子だ。君の兄二人はこんなババの言うことを聞かなかった。だから戻ってこないと思う。君に教えるから気をつけて行ってね。草がもの言ったら草の話を聞け。川がもの言ったら川の話を聞くんだよ、と言ってあたしが持っていた刀をくれてやった」

「おかあさん休憩するときに刀を持っていってたの？」

「そうよ」

「なんでよ」

「だってなにがあるかわかんないでしょう」

「だからか、なんか刀がないなーと思ってた」

「それより、三郎は戻ってきたのよ」

「え？　生きて帰ってきたの？」

「そう、しかも一人じゃなかった。太郎と次郎と一緒に元気よく歩いてきたの。かごいっぱいにならなしをせおってね」

「そうなの？　やっぱり三郎の頭よかったね。それでなにがあったって？」

「三郎は『ばあさまが言ったのがここのことだな。じっと笹の言うことを聞いていた。それから行けっちゃカサカサと言っているから道をずんずん行けば行くほど川が見えました。川は行けちゃザンザンと音をたてて流れてました。川の言うとおりに渡って行ったら、ならなしの木の下にようやく着いたんです。そしたらざらんざらんと鳴ってて、ならなしの実をずっとじっと見上げた。ならなしは風がふくたびに、東の側はおっかね。西の側もあぶねえぞ。北の側はかげうつる。南の側からのっていこうざらんざらんと歌ってました。僕は、南の側からのぼってと言っていると思って頷き木に登りました。そしたら兄二人のかごがひっかかっていました。兄二人の姿がいませんでした。思ったのが、ならなしとりに行ったのにかごを置いて行くなんてことを絶対にしないとわかっているからこれはなにかの化け物に食われたかと思って北の側の枝に足をつけて、沼の中を覗いてしまった。気味の悪い変な声が聞こえて沼の主が出てきたのです。そいつが僕に向かってのびあがって来たんですよ。僕はばあさまからもらった刀を沼の主に切りつけたんだよね。主は切られたら耳が痛くなるぐらい悲鳴をあげて死んだのです。切ったところをよくよくと見ていたら兄たちが全身ずぶ濡れでぬるぬると流れて来たんです。兄たちにならなしを食わせると元気になりました。それから僕と兄二人は再びならなしの木にのぼり、かごいっぱいにならなしを取ったのがこれです』と三郎が嬉しそうに満々の笑顔で話してた」

「そんなことあったんだ。三郎はすごいね。だけどそこのなしは普通のなしと形が違うんだっけ？」

「そうね、普通のなしは丸いのに、あのなしは大きくて長めで、木も大木だね」

「でもさ、あのもどらず山に人間が一度入ると戻ってくることができない山だよね」

「そうそう、人間たちはその山を恐ろしい山だと言っている」


別の日にセンナは出掛けていて帰り道に森へ入った。

暗い森の中を歩いていて女の人の泣き声が聞こえて変に思い、泣き声するほうへ行くと、池の前でしゃがんで泣いている女性がいた。

「大丈夫？」とセンナは思わず声をかけた。

女性は振り向いてセンナを見てすぐに顔を指でふいた。

「きみ、本当に大丈夫？」とセンナはまた聞いた。

「ええ、大丈夫です」

「なにかあったの？　泣いてたよね？」

「すみません…失礼します」と立ち上がりセンナの横を通ると、センナは「待て」と止めた。

「はい？」と女性は立ち止った。

センナがなぜ止めたかというと、女性から人間じゃない何かの匂いをしたから。

「きみ、人間じゃないな？」

「え？」

「きみ、人間じゃないでしょう？」

「なにを言っているのですか？」

「きみから人間じゃない匂いがする」

「あなたはそういうのわかる人なんですか？」

「それより、きみ、答えて、後から私は自分のことを教えるから」

「わかりました。あたなの言うとおりです。私は、もう、人間じゃなくなってきたみたい」

「そうなんだ」

「周りの人や知っている人たちは私を化け物をみるような目で眺めるようになり、

人々からさけられるようになりました。日々人に会うのも辛くなって家から出られなくなった。だからいろいろ考えててこの池の前に来て泣いていました」

「それはひどい」

「私からどんな匂いがしてるの？」

「魚のような海の匂いがする」

「そう？　あるじいさんから聞いたはなしでね」

女性が十七歳の時、両親は「その晩に家に客が来て仲間たちと酒を飲んで、飯を食うから明日の朝に帰ってきて」と言われた。

女性が次の朝に家に帰ったら酔っぱらった大人たちがいた。

戸棚の上になにかの包みがあったからなんだろうと思って取って開けてみたら、食べ物のようだったので一口食べた。そしたらおどろいた。今まで食べたことない味のもので噛んで飲み込んだ瞬間に空に浮いている感覚で、海の向こう側が見えたり、聞こえたりした。

そして包みにあったものを全部食べてしまった。

その包みは人魚姫の肉だった。

漁師が網になにか重い物がかかったから上げたら不思議な事に、下半分が魚で上半分が人間の珍しい物をひろった。まさに耳にする人魚とはこれのことだと喜んで、人魚をすぐに持ち帰った。

漁師は女性の両親と知り合いで、そこで仲間たちを集まろうと声をかけた。人魚はすでに死んでいて、全員の前に人魚をまな板の上に置いた。

それで人魚の刺身ができあがった。

人魚の肉といってもなんか、ぷよんぷよん、ぴくぴくとしていて、変わった色をしていて光っているから見ただけて、時間がたつにつれ、気色悪くなってしまったから誰も端をつけようとしなかった。

先に帰る人に人魚の肉の刺身を包んであげた。もらった人は帰りの途中で川にポンと捨ててたと。漁師も気持ち悪くなってこっそりと捨ててしまったとそのじいさんが教えてくれた。

「あれから何十年たってもこの姿のままで年を取らなくなった。親も年を取って亡くなってしまった。私も女性なんだから何回かお嫁にいったが、私の旦那さんたちも次々に年を取って死んでしまってね。いつまで生きているもんか、これが恐ろしくなってきてね、人魚の肉を食べてしまったから化け物になったかな？　妖怪かな？」

「それはわからないが、私は本物の妖怪だよ」

「え！　本当に？」

「ほんとう」

「全然気づかなかったよ」

「私は山姥っていう妖怪だよ」

「ああ、知っている。山姥のことは知っている。でも実際に会うとは思わなかった」

「まあな、見た目が人間と同じだからからね。だけど、妖怪だし山姥だからものすごい力あるよ」

「本当に見た目が人間と同じだね」

「私はこれで失礼するよ、急いでいるから、元気だしてね、前向きに生きてね」

女性はあれから仏につかえ、比丘尼になろうと決めた。

南へ北へ、東へ西へと全国を周り、念仏を唱えて旅をつづけた。

こうして、また長い年月がすぎ、その間にあちこちで何回も辛い戦いがあったり、ひどい地震から竜巻など世の中にいろいろな変化がおきた。それでも比丘尼は生き続けている。変わらぬ美しいのままで生きている。

なぜか、比丘尼の噂が広まった。

人々はこそこそと「あの可愛らしい娘の比丘尼は八百年も生きているらしいよ」と。

「そう？　八百と八十年らしいよ」と、話をして、それが人々の耳に入り、どこに行っても八百比丘尼と呼ばれるようになった。

比丘尼はある静かな村で、身を隠して、そこで何人かに地獄極楽の絵を見せながら仏の話などして暮らしていた。

ある金持ちが八百比丘尼の事を知って、都中に噂を押し広めて、八百比丘尼と会いたくてたくさんの人が集まるようになった。

金持ちの人は集まった人の一人一人から見物料を取って大儲けをした。

金持ちの人のやったことを聞いた八百比丘尼は驚いて悲しくなったから、その村から逃げるようにいなくなった。

八百比丘尼にもう行くところがなくなり、最後にたどりついたのは自分のふるさと。ふるさとにある寺だった。その寺のお坊さんと会って、お坊さんは女性を八百比丘尼だとわかってあせった。

八百比丘尼はお坊さんに「寺の裏にある岩に入らせてください」とお願いした。

女性はかなり困っているようすでお坊さんは深いことを聞かず「いいよ」と言った。

女性は「ありがとうございます。何日たっても出てこなくても心配しないでくださ い。私をほっておいてください」とお願いして岩の中に入っていった。

お嫁は原山に住む山姫友達と会いに行った。

その頃山姫は、すごく忙しくて、手を止める暇がなかった。

お嫁が理由を聞いてみたら、名人のほまれ高い大工が山姫と腕くらべしてみたら面白いし、後々から良い話になると思って、山姫は機織りをして一日一夜であの原山を白い布でおおって見せると、大工も一日一夜で三重の塔をつくりあげてみせると言い合ったから山姫は忙しかった。

山姫は、矢上の原山に住んでいる。山姫の機織りはとても美しくて綺麗で、どんなベテランの機織り職人でも、並ぶ者がないぐらいお上手。地元の人々は山姫を大事に思っていた。

なので、山姫は顔を池の水で洗うから、洗いに行く池の水を濁らせてはならんと、水遊びする子供たちにいつも口うるさく注意する。

不思議なことに、田植をしているといつのまにか一人が増えている。昼飯を一人分多く用意しないとこまるよね？　と話し合って、一人分を増やしたのに、その一人分があまってしまう。

また田植をはじめた時に数えてみると、間違いなく一人多い。

これが毎年続くことになった。

「これはきっと山姫だ。山姫が手伝ってくれてるのじゃ」と休憩中に一人が話した。

矢上の里では米もよくとれて、山姫は里人の自慢の一つになった。

山姫の噂を聞いた大工は山姫に会いたくなって旅の途中で矢上にやってきたのだった。

お嫁は「おーい山姫ー」と原山に向かって叫んだ。

「矢上原山の山姫なんだけど、なんの用ですか?」と山姫は風にのるように飛んできて里に舞い降りた。

お嫁は山姫にじゃまになると思って「帰るね、また来るね」と言って帰った。


何ヶ月かすぎた日の夜の事。

センナが家で両親と一緒にいて、おかゆを炊いている時だった。

扉をトントンと叩く音がした。センナと両親三人は顔を合わせて何回もトントンとする音がするからセンナは開けてみるね、と玄関へ行った。

扉を開けたら、予想意外だった。暗い中で一人の小娘が立っていた。

「君どうしたの?」

「夜遅く突然すみません。どうか一晩泊めてくれませんか？」

「そう。とりあえず中へ入って、寒いだろう」とセンナは小娘を可哀そうにと思って家の中に入れてやった。

囲炉裏の前にセンナの両親が座っていて、小娘を見てにこっとして温かい人だと思われた。

センナは小娘を囲炉裏の前に座らせて、おかゆをよそいながら話かけた。

「君、なんでこんな時間にここいるの？」

「私、栗をひろいにきてて、道に迷ってしまいました」

「ああそれで暗いから泊まるところを探しているってことね？」

「そうなんです」

「でもなんで栗拾いをしているの？」

「お母さんが山に栗拾いに行けと言われたからです」

「一人で？」

「いえ、妹と一緒です。妹は栗いっぱいになったから先に帰るって言って、私もまだだったから妹を先に帰らせたのです。栗を拾っていっぱいになったけど、日がくれてしまいました。それで家へ帰る道もわからなくなってしまったのです」

「ああそれでここに？」

「はい」

「でもこのはけこ結構古くない？」

「そうなんです」

「妹さんも同じく古いはけこをもっていたの？」

「妹は新しいはけこをもってました」

「えーなにそれ」

「実は妹が本当の子で、私はままっ子です」

「そうなんだ。まあとにかく、今夜はゆっくり休んで明日また栗拾いをやったら？」

「わかりました。ありがとうございます」

次の朝、小娘が起きたらセンナと両親がすでに起きていた。

小娘が「あのう…私なにかお礼がしたいです」と言ってきた。

センナは両親に「なにかやってほしいことあるなら」と言った。

「ならすまんがのう、俺いい？　俺の頼み事を聞いてほしい」とセンナのお父さんが口を開いた。

「はい、なんでも」

「俺、頭がかゆくてどうにもならない」

「お父さん、また何日間お風呂に入ってないんだね」

「すまんのう」とお父さんが笑った。

　小娘はセンナのお父さんの白髪をわけてみると虫のようなしらみがびっしりと見える。小娘は嫌な顔もせず、囲炉裏の火で火箸を焼いてチリチリと一匹も残らずつぶしてやった。

「お礼に俺の宝物をやるぞ」とセンナのお父さんが錦の小袋をくれた。

「これなんですか？」

「欲しいものの名を呼ぶと何度も出てくる小袋だ」

　小娘はあつくお礼を言って家へ帰った。

「お父さんどうしちゃったの？」

「え？　なにが？」

「珍しいじゃん、人間の子供に自分の宝物をくれるって」

「嬉しかったからね」

「てか、お父さん、頭にそんなにたくさんの虫がいたんだ」

「そう」

「なんで今まであたしとお母さんに言わなかったの？」

「だって君たちに言うのが恥ずかしくて」

「そういう事だったの？」

その後、小娘は家に帰って変わらずの日々を送っていた。

そして村祭りがやってきた。

遠くから笛や鐘の音が聞こえて聞こえてくるころにはしたくも整っていた。

小娘はお母さんに呼ばれて「おまえは米をついて風呂の水をくんでから来て」と言って妹を連れて出掛けた。

小娘は泣きながら米をついていると、一羽のすずめが飛んできた。

「ね、ね、なんでお祭りに行かないの？」

「私、お祭りにいきたいけど、米をつかんといけんから」

「なんだそんなことだったんだ。あたしたちがついてあげるから心配なく行ってきて」とすずめはそう言ってたくさんの仲間たちを呼んで集めた。

すずめたちが小娘の代わりに米をついて、風呂の水をくんでくれた。小娘はすずめにお礼を言って急いでお祭りに行こうとしたが、晴れ着は一枚も持ってなかった。

センナのお父さんからもらった小袋を思い出して「新しい着物出ろ」と言うと錦の

着物がじゃんと出て来た。

「新しい帯出ろ」というと帯が出て来て次に「おしろいこ出ろ」「ほほべに出ろ」と次々と欲しい品物をじゃんじゃんと出して、小娘は錦を飾って紅をつけた。

すずめたちは小娘を見て、可愛い、美しい、綺麗と騒いで飛んだりした。

それで小娘はお祭りに行く事ができた。

お祭りに行くと、小娘を見た人たちは、なんと綺麗な娘が来たとそこらへんで大騒ぎになった。小娘の妹はお母さんの袖を引っ張って「お母さん、あの人、うちの姉さんにすごく似てない？」と言うとお母さんは「なに言っているの？ あの子あんな綺麗な着物はもってないし、それに米をつくのはなかなか終わらない仕事だから来るわけがない」と妹の言葉を否定した。

小娘は小袋から梨をとりだして、お母さんと妹に投げてやった。お母さんがその梨を見てて、手にとって頭をペコペコとして妹と二人で食べてしまった。小娘はお祭りが終わる頃に急いで家に帰った。家に帰ると元の姿に戻っていた。

それから数日経ったある日、村の長者様がお祭りにいた綺麗な小娘を嫁にしたいと思ったから、綺麗な小娘のいる家を一件一件と回ったと。

ほかの家の娘はあの時の綺麗な小娘ではなかった。最後に小娘の家にやってきた。

お母さんは喜んで妹の方を「うちの娘はこれだ。早くもらってください。さあさあ」と見せた。

「いや、違う。あと、娘がもう一人いるはずじゃ」と長者様が言うと「とんでもない、あれは長女で、お祭りの日には一口中米をついてずっと家にいましたよ。変わり者の娘です」

長者はお母さんにそう言われて諦めかけていたが、とにかく小娘を一目見たいとうるさく言うからお母さんはしかたなく小娘を呼んだ。小娘は長者様と顔を合わせる時に、お祭りに行った姿で出てきた。

「おお！　この娘だ、この娘だ」と長者様はびっくりして、お母さんと妹に目もくれず小娘を馬に乗せて行ってしまった。

それを見た妹は「私もお姉さんみたいに馬に乗って嫁に行きたい」と怒った。

お母さんは妹を臼に乗せて「嫁子いらんかー嫁子いらんかー」と田のあぜを引き回した。お母さんと妹は「うらめしいでや、つぶつぶ、うらめしいでや、つぶつぶ」と言ってとうとうタニシになってしまったとね。

月日が過ぎたある日、センナは暇そうに家にいた。お父さんがやってきて、

「な、センナ、なにしてる？」

「なにおとうさん」

「今暇？」

「ああ暇だけど？」

「頼み事がある」

「えーなによ」

それは、東にある山にいる親友の鬼たちに酒とお米を届けてくれとの頼み。

センナは言うとおりに東の山に向かって歩いてたら、道端でかごを背負った一人の男性を見かけた。

センナはなにげなく声をかけてみた。

「こんにちは」

「あっ、こんにちは」

「君はどこへ行くの？」

「帰らず山へ行きます」

「なんでそこへ行くの？」

「ぶどうをとりに行きます」

「へーそうなんだ。じゃあ頑張って」と言ってセンナは先に進んだ。

センナは鬼のいるところに着いた。

「来たよー」とセンナは大声で言った。

鬼たちはセンナに気づいて、喜んで大声で「おお、入って入って」と言う。

「お父さんに頼まれて来たよ」

「センナ、久しぶりだね」

「センナか、久しぶりじゃ」

「センナ久しぶりやね」

「おおセンナ久しぶりー」

「うちらの可愛いセンナだ」と歓迎された。

「あの子鬼たち見たことないが、どうしたの？」

「ああ、あれ…あれね、お父さんがいなくなちゃって寂しそうなのでこっちで面倒見てるわ」

「どこの鬼の子なの？」

「東の鬼の子だよ」

子鬼のお父さんの鬼はある大工と約束をして負けたから消えてなくなっちゃった。

ある村に大川という川があって、大川は流れが早くて何度も橋をかけようとしたが半分も出来ないうちに押し流されてしまう。

その村の衆は東に住む大工さんが一番いいと選んだ。

東に住むその大工さんは村の衆から大川で橋をかけてくれと頼まれて、大工さんは話を聞いて断らずに、自分の腕で橋をかけてやると引き受けた。

その大工さんは夜明けを待って大川へ行ってみたら、前の日の大雨で水が増え、唸って流れていた。川がまるで怒っているようだなとジーっと見ていたら川の中からブクブクと泡がたってびっくりすることに鬼が出てきた。

「きさま、誰だ！　なにしに来た！」と鬼は怒鳴った。

「俺、俺は怪しいもんではない。村の衆からここに橋をかけてくれと頼まれた大工だ」

「なに？　ここに橋をかけるだと？　やめろっ！　どうせ半分も出来ないうちに流されるに決まっている」

「そうなるかわかんないのに、なんでそんなことを言いきれるの？」と大工は帰ろうとした。

「待て！　話がある。わしがきさまの代わりに橋をかけてやるわい」

「鬼のおまえがこの俺に代わって橋をかけると？　バカ言え」

「おおかけてやるわ。だけど、できあがったころにお礼にきさまの目ん玉をもらうわ」

「目ん玉はやれん。橋も出来てないうちにそんな約束できるか」と言った大工さんは村へ帰っていった。

大工さんは次の朝も大川の様子を見に行った。なんと、橋は半分かかっていた。大工が橋に近寄ると川の中から鬼が出てきた。

「おい大工どうだ？　嘘は言わなかっただろう。明日の朝には向こう岸までかかっているぞ。きさまに渡り初めをやらしてあげるからその時に約束どおりに目ん玉をもらうからね」

「ちょちょちょ待って、まだ約束してないぞ」

「目ん玉は嫌なら、わしの名を当ててみろ。もし当てたら目ん玉は許してやるわ」

鬼はそう言って川の中に沈んでいった。

その夜は大工さんは心配で眠れなかった。

朝になって恐る恐る大川へ行った。大川に行ってみると橋はもう出来ていた。橋を確認してみたら頑丈な橋だった。

「おお、早く来たな。橋はこのとおりに出来あがったよ。だから目ん玉を差し出せっ！　それはできないならわしの名を当てろ」

「ま、待ってよ、明日まで待ってくれよ」と言い、大工さんは真っすぐに走っていった。

山道に入っていった時に、谷底から子供たちの歌声が聞こえてきた。覗いてたら鬼の子たちだった。

「早くおに六ぁ、目玉ぁ、持ってこばぁ、ええなあーええなあー」と歌ってた。

（おに六ぁだと？　まさかあの大川の鬼の名か？……）と大工さんはその名をよーく覚えて帰った。

その夜、大工さんはぐっすりと眠れた。

夜明けに大川へるんるんと向かっていき川っぷちに立って、川の流れをにらんでいたら鬼が出てきた。

「おお、来ないと思っていたが、本当に来たね。村一番の大工のおまえさ、わしの名を当ててみて」

大工さんはうでくみをしてて「大川のおに五郎？」と言った。

「それじゃないそれじゃない」

「おに八郎だっ！」

「ちがうちがう」

「鬼丸？」

「そんなんじゃない、そんなんじゃない」

「おにすけ？」

「ちがうちがう」

「もう諦めたら？　目ん玉をよこせ。それとももっと続けるか？」

鬼が近づいて川岸に向かって来た時、大工さんは「おに六っ！」とでかい声で怒鳴ってみた。

すると、鬼はポカッと消えてしまった。大工さんは残されたおに六っの子供たちを可哀そうに思っておに六っの子供たちのところに行った。子供たちはまだ幼いから大工さんを見てもなにも考えずにただただ見つめていた。

大工さんは子供たちに状況を説明したら子供たちは泣いてしまった。大工さんは子供たちを慰めて、センナのお父さんの親友の鬼のところに連れて行った。

「おまえら、その大工さんを最初に見た時にどう思った？　食べちゃうとか思った？」

「最初はびっくりしたよ。まさかここに人間が来るとはね。俺らを怖がらないのってね。しかも、鬼の子を連れてきたんだからね」

「たいした大工さんだね」

「本当にそう」

「大工のその話を聞いて俺ら大笑いしたよ。嘘みたいな話に聞こえてね。でも鬼の子まで連れてくるとはね。それでなんて面白い人間だろうと思った」

「ほかに面白い人間の話あります？」と質問に鬼たちは考えはじめた。

一匹の鬼が思い出して「ああ、あるある。あるじじが来てたことかな？」

「うん？　あるじじが来てた？」

「そう。最初は楽しいじじだと思ってたが、俺たちを怒らせることをしたのさ」

「そうなんだ。どんなことがあったの？」

「俺たちが久しぶりに酒を飲んでつまみを食ってトレレトレレ、トヒャラトヒャラ、ストトンストトンと楽しく踊っていた。俺らはじじが隠れているとわからなくて、いつのまにか俺らと一緒に踊ってた。俺らの踊りって手をふったり、足をあげたり、走り回り、お堂の周りをぐるぐる回りながら踊る。笛を吹いたり、太鼓で盛り上がる。あのじじがお堂の中にいるとは思わなかったよ」

「おまえらって人間を見ると態度を変えるんじゃなだっけ？」

「そうだけど、だけどあの時は俺らの気持ちが高まってて楽しかったからそういうところじゃなかった。あのじじが俺らの踊りの輪の中に入って踊り狂ってた。しかもあのじじがなにか歌ってて、聞いているとわけのわからん歌を歌いながら飛んだり跳ねたりしていた。俺らの踊りの調子が変わって一ボコ、二ボコ、三ボコ、四ボコといっせいに足ぶみをしながら太鼓の音に合わせて前へしゃりしゃりと出て行けば、ぱっぱと両手を上げる。あのじじはみるみるおもろくなってきて、俺らの後からついてきた。『俺も入れて五ボコ』と言った。それで俺らが一ボコ、二ボコ、三ボコ、四ボコ言うとたんに『俺も入れて五ボコ』と言ってた。やんややんやとはやしたてて、また輪を広げてはちぢめて両手を上げてパッとそんなことをしていると、どこかで一番鶏がコケッコーとなったからそこから離れなきゃいけないから走った。親分があのじじのところに行って『じいさまじいさま。おまえは大変おもしろかったから明日の夜もここに来て俺たちと踊れ。それまでおまえのそのほっぺたにぶらさがっているものを俺が預かるね』とあのじじのこぶをキュッキュッとひねってとってしまったの。親分は後で『あのじいさまを明日の夜にも来るようにと言ったからね』と言ってた」

「そうなんだ。一番えらい鬼、親分って角が二つだっけ？」

「そう。俺らは角が一つだけど、親分はえらいから角が二つなのよ」

「それで次の晩にあのじじが来たの？」

「それがね、来たのよ。だけど、前の夜と違う気がしてね」

「どういうこと？」

「次の夜に俺らは笛をふき、太鼓を叩き、踊ったり跳ねたりしてたの。トレレトレレ、トヒャラトヒャラ、ストトンストトンとね。踊ってると俺らの中に急にあのじじらしいじじが飛び込んできたの。あのじじは目をつぶっていた。体がガタガタと震えていたよ。昨日となんか違くて、あれ怖がっている？　と思っちゃったよ。なにか言っているらしくて、よく聞いたら、ふるきり、ふるきり、ふるきり、ふるきりとぶつぶつと言ってた。声もしわがれてはり上げてが、膝はガクガクと、歯はガチャガチャと歌にも踊りにもなってなかった。周りのみんなが怒りだして『あれ！　なんだなんだ、昨日とは全然違うぞ』『ああ、つまんない、つまんない』『こんなじじは叩き殺せ』と騒ぎはじめたの。そしたらあのじじは『どうか違う歌を歌ってくれ。こんどこそはうまく踊るから』と親分にしがみつきながらお願いした。親分は優しく『よし、それじゃもう一回踊ってみせろ』と言い、俺らはもう一度輪になって踊りはじめた」

「なんだ、親分は優しいじゃないの？」

「うん。一ボコ、二ボコ、三ボコ、四ボコと言うと、あのじじはここだと飛び出して三ボコ、四ボコと走り回るのよ」

「それが違うの？」

「うん」

「違うらしいね」

「うん。周りも『なんだなんだ』『なんか違うぞ』『なにやってるの？』と言い、機嫌が悪くしながら、もう一回輪を作って踊った。

一ボコ、二ボコ、三ボコ、四ボコとね。で、あのじじがまた飛び込んできて、三ボコ、四ボコと言った。俺らも限界がきて、かんかんになってあのじじを親分のところに引きずっていった。親分は『なんだいこの役に立たないじじ。おまえにこのこぶを返してやるからとっとと消えろ』とキレたの。あのじじのもう片方のほっぺたにぺたんと、もっていたこぶをくっつけたのよ」

「最近そういうことあったんだね」

「そう」

「はいこれ」

「おお、これ…酒と米か？」

「そう。お父さんに持って行けと頼まれたの」

「よかったよかった。ちょうど酒と米が切れるところだった」

「そうなの？」

「おまえのお父さんが気がきくね」

「じゃ、私これで帰るね」

「もう帰るの？」

「はい」

「もうちょっといなよ」

「そうだよ、一緒に飲んで食べよう？」

「やだね。もう帰るわ」とセンナは家に向かっていった。

「センナ、お父さんによろしくって言っといて」

「はーい」とセンナが背中を向けたまま手をふりました。


帰りの道にまた一人の男性を見かけた。しかもかごを背負っていた。

「こんにちは」とセンナは男性に声をかけてみた。

「こんにちは」と男性は言い返した。

「君、どこへ目指しているの？」

「俺、梅をあつめにあの山へ向かってます」

「なんで梅をあつめに行っているの？」

「母親のために」

「そうなんだ。気をつけて行ってね」

「ありがとうございます」と男性と会話を交わした。

センナは森の中に歩いていると、沼の前に寂しそうに座っている一人の女性がいた。

とても悲しい顔をしていたから気になって声をかけた。

そうすると、その女性は自分の息子を亡くしたことで悲しんでいた。

その女性の息子はまさかの鬼から生まれた子だと。

息子が自分で自分の首を殺めて、もうこの世にいないと言った。

それを聞いてびっくりしたセンナは女性から詳しい話を聞きたくなった。

女性は独身の頃に父親と一緒に暮らしていたが、お父さんは毎日山でまきを取って、女性はきのこや山菜を取って暮らしていた。

ある日、女性はきのこを取りに行ったが鬼にさらわれてしまった。そして女性は鬼と暮らし、子供まで生んだのだ。

女性の父親は、娘が心配で、愛しくてたまらなくて、まき売りの商売を辞めて娘を探しに行った。娘をくる年もくる年も探し続けてやっと七年目でどこの山かわからない山の奥で娘のものらしいものを見つけた。不思議に思って岩の穴の前でなにも恐れずに「もうしもうし」と声をかけた。

そしたら岩の穴の中から娘が弱った姿で早足で出てきた。

「おとうさん？」

「ああ、俺だよ」

「おとうさん、おとうさん」と女性は父親を見て大変喜んだ。父親も娘を見て涙があふれ出た。

「お父さん、ここまでよく来てくれました」と娘が泣きながら言う。

「おまえは今までどう暮らしていたんだ？」と父親も泣きながら聞いた。

家に帰ってこなかった日に鬼にさらわれたことを話し、そして鬼の女房になり、子供を産んだと。

「お父さん、今泣いている場合ではないです。もうすぐ夫の鬼が帰って来ます。逃げても捕まって食われちゃうから中で隠れましょう。さ、さ、入ってください」と娘と一緒に岩の中に入ると立派な座敷があり、そこに涼しげな顔をした青年がいた。

「お父さん、これが私の子だよ」と息子を紹介した。

「これがおまえのおじいさんだぞ。お父さんが帰って来ても人間がここに来たことを言っちゃだめだよ」と息子に説明をした。

「うん、わかった。絶対に言わない。さあおじいさん、この中に隠れてください」

しばらくすると、どかっどかっと鬼の足音が聞こえて近づいてきた。

「うわ〜寒い寒い寒いわ。早く火をおこせ」

夫の鬼は尻を温めて、温まった後に座敷のあっちこっちを見まわして、鼻をぷんぷんとしながら「なんだなんだ人間臭いな。誰か来たんか？」

「え？」

「誰か来た？」

「へ？」

夫の鬼は外に出て、裏の庭に行ってすぐに戻ってきた。

「おい、らんぎくの花が一つ増えてるぞ。あの花は人間が一人来れば一つ咲く。二人来れば二つ咲く。だからここに人間が来てるって言ってるの」

「だからなに？　人間が来たっていいじゃん。なにがそんなに心配なんだい？」

「出せ、出せよ。隠したってわかるんだぞ」

「今までおまえさんに言わなかったけど、実は何ヶ月前から腹の中に子が出来ている」と女性は腹をなでた。

夫の鬼はがはっと笑ってとても嬉しがった。

「はらへった。めしをくれ」

女性は夫の鬼にたくさんのごはんを出し、酒も出した。夫の鬼はごはんを食べて、その間に父親と息子に逃げようと言い、こっそりと三人で岩から出て行って海に向かいました。

夫の鬼はようやく逃げられたことに気づいてひとっとびすると海にかけつけた。三人が乗った船はもうすでに沖の方に行っていて小さく見えた。

「もどれえ、もどれえっ」と夫の鬼が叫んだ。

それでも戻る様子はなさそうだから波打ち際に両手ふんばり、海の水をがわっがわっと飲みはじめた。すると、水が夫の鬼に向かって流れて、三人は船ごと引き戻されて夫の鬼に捕まりそうになったりしたが、どうにか三人の船は無事に元の家に帰ることができた。息子はだんだん大きくなる。大きくなったけれど、どうしたかことか時々遊んでいる子の指に食いついたり、耳に嚙みついたりするようになったと。そんなある日に、息子は「お母さん、俺、なんだかこの頃、人を見ると、人を食いたくて食いたくてたまんない。俺、やっぱり鬼の子だね。思い切って俺を殺してくれ」と驚きの言葉がでた。

女性はひどく悲しんで「愛しい息子よ、おまえを殺すことはとてもできない」

「だけど…俺は、お母さんを絶対に食わないけど、このままだと人を食っちゃうかもよ」

「そんな…」

「人間の中で生活していくうえで、鬼は人間と共に生活できないと感じました」

女性は息子をなんとなぐさめたらいいかわからなくて、なんと言っても父親は鬼だもんなと思い、言葉も見つからない。

息子は何日も外にも出ず、引きこもりました。そして一人で山へと行き、小屋を作りました。小屋の中に入って自分で小屋に火をつけて焼け死んでしまったと。


センナは外にいて、暗くなる前に家に帰った。

家に入って玄関のところから変な匂いがした。

変に思って家の奥に行くと、父と母は仰向けになって目をつぶっていたのに息していないように見えた。前に来ると、体からは様々なものが発生していた。母と話していた話を思い出した。

山姥は死んだ時に死体からは様々なものが出るっていう話を。

いつの年かわからないが、山姥が山を下りてきてときどき悪さをするから、困った村人たちはいろいろと話して山姥を神様としてまつることにした。

それから山姥は善人に変わり、村人に踊りを教えたり、老人にお金や食べ物を配ったりして、大事の際はその知恵で村を助けたりしている。

第七話・お嫁の友達

センナはたくさんのにぎりめしをもってでかけた。

朝早くから釜いっぱいにお米を炊き、炊きあがった白米をにぎって両親の分を残してでかけた。

センナの暮らす山の中では自ら命を立つ人が多くて、息が引き取った人と関係のある人がその場所で反魂香を焚いたことがわかる。

何故かというと、霊が見えてるから。煙々羅は普通にさまよっている。

友達の家に着いた時は、外に化け猫が見えた。

センナは化け猫に声をかけた。化け猫が来てセンナの足をすりすりとして甘えた。

センナは化け猫の頭をなでなでして家の中へ入った。

そこにセンナの友達が集まっていた。

全員がセンナを見て大喜びで声をあげた。

センナの友達は二口女、食わず女房、お歯黒べったり、のっぺらぼう、けらけら女、産女、骨女、橋女、置行堀、青行燈、高女、濡女、刑部、砂かけ婆、飛縁魔、けじょうろう、絡新婦、否哉、清姫、初花、紅葉、玉藻前、轆轤首、天邪鬼、人魚、雪女が来ていて、これが年に一度の集まり。

座敷童子と禰禰子が家の奥に遊んでいて、化け猫が入って来て座敷童子と禰禰子の側に座った。

文車妖妃もいて、家の本のある部屋にいて、周りに巻紙を置いていた。

センナは持ってきた大量のにぎりめしを出した。

センナが二口女と食わず女房の前に座ると化け猫がやってきてセンナの足の上に丸くなって、センナは化け猫の体を優しくなでる。

二口女と食わず女房はにぎりめしを食べながら「センナ」と言った。

「なに？」

「新婚生活どうだい？」

「別に変わったことはないけど」

「へ～」

「なになに？」

「おまえ、やさしいね、あたしだったら、夫をすぐに食べちゃうけどね、そんな近いなら」

「なにいってるの、私はそんなことしないよ」

「だって、この中でだいたい夫婦となったことあるおなごが多いのに、おまえのように人間の夫を食べようと考えないやつは少ないよ」

「そう?」

「雪女のいっしょになった男がドあほだったし、人魚の男もバカだったし、天邪鬼が嫁入りの寸前にバレちゃったし。轆轤首はまだいいんだよ、首が伸びるだけで、人間に何も悪いことしないでしょう? 夫いるけど、夫だけが首が伸びることを知ってて仲良くくらしてるんだよ、君みたいに。砂かけ婆は木の上にいて、下に通りすぎる人の上から砂をかけて遊んでるし。玉藻前も今休み中だからなにもやる気ないと言ってるし。紅葉はただの鬼だろう。初花はただの幽霊でしょう、殺されても愛する夫のために滝うたれたり無事を祈るって私的にありえない。清姫は巨大蛇に変化してやりたいことをやるし。否哉だって後ろ姿が美しいなのに顔はばでしわくちゃだから若い男たち嫌がって逃げるでしょう。絡新婦は人間しか食べないし。けじょうろうは全身が髪の毛に覆われてて、顔も見えないのに、本人はよくも見えてるってほんとかよ。人間の間で顔のない、のっぺらぼうともいわれてるんでしょう。飛縁魔は男の心を弄んで、家を失わせるにとどまらす命まで失うでしょう。刑部って姫路城に隠れて住んでるでしょう? おかしいよね。濡女っていつも髪の毛が濡れてて、人間を食べているでしょう、絡新婦みたいに。高女は下半身が長いせいで男に相手にされないからいつも文句言ってるんだよね、誰がこんな下半身だけ長すぎるやつと付き合うのって思わない？　青行燈は百物語を喋る人たちのところに行くし。置行堀はけちだよね、堀の所にいて釣りにきた人を待っているでしょう。橋女ってあの橋にいるでしょう、橋女の耳が相当いいから、自分の橋の上にいる人が他の橋の事を褒めたり、彼女と関係のある歌を歌う事を許さないし。骨女は月の明かりで照らす自分の骸骨の姿を美しいと思って、夜に町の中に牡丹の柄の提灯を持って歩いてるし、魚の骨が好きだよね。産女を見ろよ、いつになってもずっと子供を抱いている。けらけら女は一言でも笑ってしまうでしょう、笑いすぎなんだよ。名前のっとりにけらけらと笑うけど、気の弱い人間が声を聴いただけで気を失ってしまうし、歩いている人に笑いかけて脅かしたり、人の不安をかきたてるのが好きし。のっぺらぼうも目と鼻と口がないのにどうやって見えたり、匂いを嗅いでるんだろうね。食べる時や飲む時に口みたいのが顔に出るよね。お歯黒べったりは歯だけをいちばん気にして黒いなにか塗ってるよね。この世の中の男ってクズが多いと思わない？　いい男いないわー」とずっと食わず女房が長話しをしながらにぎりめしを結構な量を食べた。

「センナは子供ほしいの？」

「ほしいかも」

「子供作れば？」

「わからない。でも私は彼を本当に愛しているのかな?」

「妖怪のおまえがなにを言っているの? 妖怪のあたしたちは人間を愛することってほぼ不可能ってわかるよね?」と二口女が言う。

「子供が生まれたら名前をなににするとか考えている?」

「ぜんぜん」

「ね、鬼と書いてきさらぎって呼ぶ名前どう?」

「え! 彼は人間だよ。あたしは山の娘で山姥。彼とあたしは鬼といっさい関係ないのに」とセンナは立ち上がった。

センナは戻ってきて「みんな、めしだよ」と全員に声をかけた。

センナは小袖の手の前ににぎりめしを置いた。

小袖の手はそのがりがりの細い手でにぎりめしをとる。

否哉がセンナのそばに近づいてきた。センナの耳元で小声で口を袖でかくしてこそこそと話をかけた。

「ね、あれを知っている?」

「なにを?」

「人間から本姓が鬼女へと変化した噂を」

「ああ知っているよ」

「捨てた夫への恨みと、後妻への嫉妬が鬼へと化身させたかもね〜」

「生まれたから鬼じゃなく、鬼に化身するってなかなか性格悪い人間だね。小さい頃からの親のしつけが悪いんじゃない？　あんなわがままな女性がね。六十歳過ぎた人間のババもいるじゃない、六十すぎたクソババがさ『あたしのことが好きじゃないのかな？　なんであたしより自分のお母さんのことが好きなの？』と二十歳でもない若くないしわしわのクソババがなんか勘違いしてない？　人を見下ろしたり、自分が一位じゃないと気がすまないってウザいよね、あいう人って生きる価値もない」

否哉の言ってた人間から鬼女になった話は、夫に捨てられて離縁した夫を呪い殺そうと思い、恨みの鬼となった。前夫だけを殺そうとするばかりではなく、後妻の髪をひっぱり意地悪した。夫が連れてきた若い女性を本妻が妬み、鬼の面を付けて打ち殺しそうになった。人間の妬は、嫉妬に狂って鬼や蛇へと変化させることほど恐ろしいものはない。

「ねねね」とセンナの近くに抜け首女が来た。

「どうしたの、抜け首？」

「あれを見て」と抜け首女がセンナに言った。

「なに？」

「センナ、ちょっと来て」

抜け首に付いて行くと、濡女がセンナに赤い大きい赤玉を見せた。

なんの赤玉だと聞いたら、濡女が散歩をしていると、苦しそうな顔して座っている若い女の人を見かけて、離れたところから見ているると、急に赤玉を産んだ。

濡女もびっくりして、すぐに「大丈夫ですか？」とその若い女の人の前に来た。

「大丈夫だけど、なにこの赤い玉？」と大汗をかいたまま言った。

「あなた、ここで待ってて」と濡女が言っていなくなり、数分後に戻ってきた。

戻ってきた時に水を持っていた。

「これを飲みな」

「なんですか、これは？」

「水、水だよ」

「ありがとうございます」

その若い女の人は自分が産んだ赤玉をどうしたらいいかわからなくて、困った顔で赤玉を見つめる。濡女はあの赤玉を持ち帰ることにした。

その若い女の人は、太陽の光によって妊娠したと思っている、と濡女に話した。

太陽の光を浴びる前もその後も、男の人と一切からんでなかった。

濡女はその赤玉を持ち帰って、今センナの目の前にある。

女性の妖怪たちは昨年の花祭りの話をしはじめた。

花祭りは山奥でおこなわれる。鬼が中心になっていてある意味、鬼祭りともいえる。

ある男が花祭りのことを知って見に行った時に、周りの人が、山姥と山男が市の冬祭りに現れて、土地の鎮魂の祭りをすませて、暦を告げて、翌日より春が来ると言い、古い魂を新しい魂にかえさせていなくなると聞いたと言う。

座敷童子はセンナの前に来て「おねえさん遊ぼう」と手を握った。

「ごめんごめん、また今度」と言い返した。そう言い返さないと座敷童子と禰禰子と遊んだらいつまでも終わらない遊びになる。

第八話・子供・金太郎

センナはいつものどおりに家で一人で残った。

お腹が大きく、一人だけの体じゃなくなっていて、お腹に身篭った。

夫は正直、センナを家で一人にするのは心配だったけれど、センナは毎回「一人で大丈夫、心配いらない」と強く言い、仕事に行かせていた。

お昼、お嫁は外で草取りをしていて急にお腹が痛くなってきた。

真っ先に山に行こうと思った。周りに誰もいないなかで一人で山に行った。

お腹を抱えて山に入って歩いていて、奥まで行った。途中で出産に苦しんで、苦しくて立ち止まり座り、木を手で押して顔をゆがめていたら、近くで一人の女性が歩いているのに気づいた。

センナはその女性に助けてと助けを求めた。

女性はセンナを見てからお腹を見て出産に苦しんでいると直感でわかった。

「大丈夫ですか？　大丈夫ですか？」と女性はセンナの手を握った。

センナは苦しそうな声をあげ、ぎゃーと子供の泣き声がしたとたん、女性は子が産まれてきたとわかった。センナも落ち着いた。

「もういい、もう行っていいですよ。ありがとう」

「え？　本当に大丈夫？」

「ああ大丈夫。君に福をもたらすよ」

「え？」

「私を助けたから。約束する」

「えー」

「後は大丈夫だから」

「でも、生んだばかりでしょう？」

「本当に大丈夫だから安心して行っていいです」

「本当？　本当に？」

「本当に、本当だから、ありがとうね」

女性が行った後に、センナは少し休憩して、布に子供を包んでなにもなかったように山から下りて家に向かった。

センナが歩いていると目の前に何者かが下りてきた。

よくみたら知り合いの天狗だった。

「センナ元気？」

「あれ！　ひさしぶりじゃん」

「なにしてるの？」

「今出産して帰ってる途中だよ」

「へーこれがおまえの子供？」

「そうだよ」

「おまえ結婚したんだっけ？」

「したわよ」

「相手は？」

「ある男」

「ある男？」

「そう」

「どんなんよ？　まさか人間の男？……そんなわけないか」

「そうだよ」

「えっ！　それは間違いなく人間だね」

「人間でもなんでもいいじゃん」

「へ～珍しいな、人間と結ばれるって」

「だからなによ」

「まぁ、俺たちも天狗になるはるか前は人間だったし、お嫁ももらったやつもいるね」

天狗はセンナの妹が現在どうしているかを知っている。

センナに妹の事を言ったら驚いた。

妹も子供を産んでいた。しかも妹は自分のお腹にいる子の父親が誰だか知らないと言う。妹が一人で寝ている時に、夢の中で赤龍が現れて、雷鳴のとどろきで目が覚めたことがあった。妹はそれで妊娠したと思いついた。妹は子供の父親は雷神だと思った。妹の友達も妊婦で、ある日、川遊びをしていたら、川上から丹塗矢が流れてきて、それを拾って床の辺に挿した後に妊娠したことをわかったと言う。産んだのが男の子。別雷神という名前をつけた。

違う村にも同じ話が耳に入り、川で大便をしているときに丹塗矢が流れてきたから拾ってみて床に置いたら綺麗な顔立ちの若い男性になって二人は恋に落ち、のちに結婚することになった。二人の間から女の子が産まれた。

天狗は妹がどうやって妊娠したかまで知っていた。

センナには妹が元気でいたらそれでよかった。会いたいという考えはなかった。

「で、今日は暇なの？」

「今は暇だけど、そろそろ行かなくちゃいけないんだ、また今度ね」

「うん」

「そうだ、後でセンナ家に息子を見に行ってもいい？」

「いいよー、でも私の家を知っているの？」

「知らないけど、探せば見つかるでしょう」と天狗が飛んで行った。

夜になり、夫が帰って来ました。

センナはお帰りっていつものように言った。

センナは晩飯を作って待っていた。

夫は着替えようと別の部屋へ行く時にふっと下を見ると、大きな籠に気が付いた。

籠の中をよーく見てて、口をふさいだ。目の前には赤んぼうがいたから心臓が止まるぐらいびっくりした。

「ね、ね、ねぇ」

「なに？」

「なにこれ？」

「え？」

「これだよ、これ」

「なんの事を言っているの？」

「この籠の中の子」

「ああ、それ」

「その子どうしたの？」

「え？　ああ、おまえさんの子だよ」

「え？　なに言っているの？」

「今日産まれたよ」

「待って…君が今日産んだってこと？　俺たちの子供を？」

「ええ、なんでそんなに驚いているの？　そんなに驚くことないのに」

「いや、だって、今日産まれちゃうんだと思わなかったから」

「安心して、無事に産まれてきたし、とても健康的だし、おまえさん、抱っこしてみる？」

「おお、いい？」

「うん」

夫はわが子を初めて手にしてみました。

「可愛いでしょう？」

「うん、すごく可愛い」

ていた。

「そう男の子だよ〜」

　この頃に、兄は自分の所で弟のお嫁を占っていた。

　占いの結果は本当に山姥と出た。

（お嫁さんはなぜあんなに美しいんだろう？　山姥は十八歳まで醜いはずなのに、二十歳でこんな美しいなのは怪しい。もうすぐ子供が産まれるらしいな）と心の中でつぶやいた。

　翌日、夫はセンナに兄と会いに行きたいと言ってみると、センナは行っていいよって返した。夫はセンナをそんな簡単に返事くれるとは思わなくて、生まれたばかりの子のいるセンナを一人にしていいかどうかを少し悩んだ。

「おまえさん、悩んでる？」

「え？　いや…」

「行ってきなよ、おまえさん。私一人で大丈夫だから」

「本当に」

「ええ本当よ」

「本当に大丈夫なら行くよ」

「ええ」

夫は一人で兄のところに直接に行った。兄の弟子が弟を見てびっくりした。

弟子が弟をやってきたと兄に知らせると、兄もびっくりした。

だけど、弟が来たのがちょうどよかったと思った。

「お兄さん、ひさしぶり。元気でした？」

「おお、どうした？」

「いい知らせを持ってきたよ」

「いい知らせってなに？」

「子供が産まれたのよ」

「え？　本当かい？　こんな早くに？」

「えー本当さ」

「おめでとう」

「ありがとう」

「どんな子なの？」

「男の子だけど、体はなぜか赤いなのよ」

「ほー、なんで赤いなんだろう？」

「わからん、生まれてまもなくの赤ん坊を見たことないから」

「お嫁さんの様子はどう？」

「どうって？」

「いえ、それよりよく聞いて、子供はもうすぐ大きくなる。だからお嫁さんを殺さなければならない」

「どうして？」

「お嫁さんは妖怪だから、山姥だから」

「めでたい事が起きてるのよ、どうしてそんなこと言うの？」

「お嫁さんは山姥って結果が出てるんだよ」

「どうしてそう決めつけるの？」

「占ってみたらそう出たから」

弟は兄の占いを意外と信じている。兄の占いはよく当たるから、落ち着いて兄の占いの結果を信じることにした。

「で、俺、なにをすればいいの？」

「私の言うことをよく聞いて、お嫁さんを抹殺しなければならない」

「愛するお嫁を抹殺するなんて、俺にそんな残酷なことはできないかもしれない」

「わかるよ、でも、お嫁さんの事を誰も妖怪だと思わないだろうけど、気の毒な事になるかもしれないが、抹殺する方法を教えるから。大事なのはお嫁さんに怪しまれないように伝えること」

兄の言う方法は、そろそろ冬になるから家にある大きくて赤い箱を羊の毛でいっぱいにしたいとおねだりをしてねと教えた。

弟は個人で羊を飼っていた。

弟は家に帰って、お嫁には兄から言われた言葉をなかなか言えなくて、声にすることができなくて、お嫁に兄の言葉をそのまま言った。

「それなら私に任しなさい」

「えっ、できるの？」

「もちろん。秋になる頃にはあの赤い箱いっぱいにしてやるから」

それからある夜に、センナは息子に名をあげたいと言った。

弟も名をあげたいと思っていた。

「ね、おまえさん、金が入った名はどう？」

「いいね、金、金太郎？」

「金太郎か…いいじゃん」

「なんで金の入った名がいいの？」

「金みたいに強くて賢くて魅力的な男になってほしいから。だとしても私が生んだ子ですし」

二人で話し合った結果に息子を金太郎と名付けた。


秋になった。

「ねえ、あの赤い箱を見てみて」とお嫁の言うとおりに赤い箱を開けて見ると、赤い箱が羊の毛でいっぱいになっていた。

「どうやっていっぱいにしたの？」

「それは言えないね」

弟は詳しく聞くことなく驚いて終わった。

弟が仕事に行っている間に家の扉をとんとんと叩く音がした。

お嫁は家の中にいて、弟なら扉を叩かないから誰なんだろうと思いながら玄関に行った。開けて見たら大勢の天狗が立っていた。よく見れば八人の天狗だった。

「おまえら、八大天狗じゃないの？」

「そうだよ。皆で来た。皆でセンナの子供を見に来た」

「そうなんだ」

「センナ、あたしがこの間言ってたじゃん、子供を見に行くよって」

「そうだったね」

「あたしたちを忘れてないよね？」

「もちろん」

「忘れてないなら、一人づつの名前を言ってみてよ」

「いいよ、自信あるから。えーっと、愛宕山太郎坊の天狗と比良山次郎坊の天狗と飯綱三郎の天狗と鞍馬山僧正坊の天狗と大山伯の天狗と英彦山豊前坊の天狗、大峰山前鬼坊の天狗と白峰相模坊の天狗なんじゃない？」

「素晴らしい、あってるわ」

「とりあえず中へ入って、お茶を出すから」

センナは天狗たちに息子を見せた。

全員が可愛いと言い、抱っこしてみた。しかも男の子だと聞いて喜んだ。

「ね、おまえ愛宕山にまだ住んでいる？」とセンナが聞いてみた。

「ええもちろん。京都を愛しているから移動してない」

「おまえは、比叡山にまだ住んでる？」

「ああ、そこに住まなくなったよ」

「どうして？」

「最澄が延暦寺を開いたからそこから移動して、比良山に住むようになったよ」

「おまえは飯綱に相変わらず住んでる？」

「そうだよ」

「鞍馬山僧正坊の天狗おまえは？」

「俺は鞍馬山に住んだままだよ。あいつと同じで京都を愛している」

「大山伯の天狗おまえは？」

「俺も移動したよ」

「大山に住んでいるでしょう？」

「ほかに住んでたけど、大山に移住することにしたよ」

「英彦山豊前坊の天狗のおまえは？」

「大分県と福岡県が好きだから英彦山に住んでいるままだよ。九州の天狗と言われてるし」

「大峰山前鬼坊の天狗のおまえは？　奥さんもご一緒？」

「もちろん。俺たち仲良しで愛し合ってるからね」

「おまえはどうなのよ」

「俺？　俺は、白峰に住んでいるよ」

「なんで？」

「大山にいたじゃない？　でも崇徳上皇に仕えるため白峰に移住したね」

「皆、住む場所とか変わったんだね。でも全国で四十八の大天狗いるよね？」

「そうだ、これは女房からだよ」

「私に？」

「そう。女房がね、おまえが出産したと聞いて赤ん坊のためにと俺に届けてくれ、と言ったから」

　大峰山前鬼坊の天狗の妻の後鬼が赤ん坊や母親のセンナのために特別な食べ物と服を夫に届けてと頼んだのだ。

　他の天狗たちも子供のためにお土産を持ってきていた。

「最近面白い出来事ないの？」

「ああそうだ！　センナ、前に話してた牛若丸という男の子のことを覚えている？」

「おお、覚えてる覚えているよ。牛若丸がどうしたの？」

「あの子、うちらと毎晩剣術稽古しているね。大天狗に稽古つけてもらってけっこう強くなったと思う。日本一強いんじゃない？」

「あの子って源氏の大将の子だったけ？」

「そう。あの子はいくさに負けて鞍馬山のお寺に預けられたと言ってたな。お坊さんになるのは絶対に嫌だといつもお寺を抜け出してたと言ってた」

「へーそんな人間の子供のこと聞いたことなかったね。で、今も一緒？」

「いいや、俺たち天狗が都で五条大橋に恐ろしい大男が現れたとか、通る人の刀を奪ったりしていると噂のことをあの子が聞いちゃって『よし、俺が懲らしめてやる』と都へ行っちゃったのよ」

「そうなんだ、面白い子だね」

「俺たちがあの子のあとを追って飛んでいったら、本当にあの橋に着いたのよ」

「それで？」

「あの子が急に着替えて、笛を出してきて、笛を吹きながら五条大橋を渡って行ってた。あの頃は月が明るい夜だったな。俺たち天狗が上から見ていると、急に『おいこぞう待て！』と声が聞こえたの」

「まさか、それ、大男？」

「そう、大男が橋の真ん中に見上げるようなどんとなぎなたをついて立ってた」

「あら！　出て来たんだ！」

「その大男が『わしは、比叡山の弁慶だ！　こぞう、腰のその刀を渡せ』と言ってた」

「自分の名前を言っちゃったね」

「うん。その大男が今まで立派な刀を九百九十九本を集めてきたらしくて、あの子の刀で千本目になるから欲しかったみたい」

「そんなに刀を集めてどうするの？　いらないでしょう、バカじゃないの？」

「よーわからんけどさ、あの子も強気でさ『欲しければ取ってみろ』と笑ってたんだよ」

「すごいね、笑うって」

「大男もなまいっきなこぞうと言って襲い掛かって、なぎなたを振り下ろして、あの子はそれをひらりと交わして『どこを狙っている？　俺はここだ！』とにこにこと笑ってた」

「なかなかやるね！　面白い子だね」

「どんな言い方をすれば腹が立つか、知っているって頭いいでしょう。あの子がひらりひらりと蝶のように左へと右へと飛んでいた。で『ほらほらこっちだ』と大男をからかっていた」

「動きも美しいだと？」

「そう。大男はあの子に振り回されてばかりで疲れ切ったようでふらふらになってた」

「そりゃそうでしょう、年寄りと若い人の違いってそういうところで出てくるんだよね」

「あの子がせんすをぴしっと投げたら大男のひたいに命中したのを見て、なんだか面白かった」

「大男はやっとおりたみたいで、あの子に『まいった、まいりました。おまえの家来にしてください』と頭を下げてたよ」

「すごいね。たいした子ね～」

天狗たちとセンナは長時間お喋りしたり、酒を飲んでごはんを食べて帰った。

夜に夫が帰ってきて、家に大量のお土産をあるのに気づいて、センナに聞いてみた。

センナは昼に知り合いが赤ん坊を見に来て、そしてお土産をもらったと説明した。

夫は今までお嫁の知り合いが家に来ると聞いてなかったから目が点になって終わった。次の日にお嫁に「ちょっと遠くまで出掛けてくるから遅くなるかも」と言った。

夫は家から少し離れた所にある岩に隠れた。

じっと見ていたら、センナは一人で家から出て、馬に乗りどこかへ行った。

（今息子が家に一人でいるよね？　どうして息子を一人にすることができるの？　この事でちゃんと話し合わなくちゃ）と思ったけど、もしこの事でセンナと話し合ったら内緒で見張っている事がばれちゃうと思って我慢をしようと決めた。

センナの行動を見張り続けたけど、一人でいる息子がどうしても心配になって早めに帰ろうと思ってすぐに家に戻った。

弟は家で息子と一緒にいると、お嫁が手に羊の毛を持って入ってきた。

「おまえさんなんでいるの？」

「なんでって？」

「だって、外におまえさんの馬がないじゃん」

「ああ、息子と会いたくて歩いてきた。でもすぐに馬の所へ戻るから」

「ああそう」

センナのこの行動が三回ぐらい続いた。

センナはあんな短時間で羊の毛を持ってくるから、人からもらったかなと思ったけれど、自分の羊の数が減ってないよねと疑問になった。

センナは山姥なのに、夫が自分の後を付けていると全然気づかなかった。

別の日に夫は岩の裏にいて（今日も変わったことなく帰ってくるのかな？）とあくびをしながらセンナを見ていたら、信じられない光景を目にすることになった。

センナが、急に鳥になり変わった。

空に飛んで、自分の羊ではなく、他所の家の羊から一匹を取って飛び、岩の上に止まった。生きている羊をその場で見事につぶし、毛を外すことをしていた。夫は腰をぬかしそうになり、すぐに兄の所に行った。

兄に、さっきまで自分の目で見たお嫁の行動を話した。

「そうなったか、とにかく早めに抹殺しなければならないね」

「どうやって？」

「そうだね…鉄砲をもっているよね？」

「うん」

「鉄砲で一回打ってみて、おまえ打つのがうまいじゃん」

抹殺するのに兄は弟と同時に行動しなければならないから、一緒に行動をする日にちを決めた。

夫は家に帰ってきて「引っ越ししたい」とセンナに言った。

「なんで引っ越ししたいの？」

「子供も産まれたし、もっと広い家で育てたいんだよ」

「そうね、そうしよっか」とセンナはすんなりと意見を合わせて引っ越す日を決めました。

いよいよお引越しの日になった。

お引っ越しの当日の朝に夫はセンナに「先に新しい家で待っているから、荷物と息子を連れて来てね」とお願いして先に行った。

弟はらくだも持っていた。三十頭。

センナはらくだに荷物をつんで、一番先のらくだにセンナで、一番最後のらくだに息子を乗せた。センナの行動を岩に隠れて見てた。センナを鉄砲で撃ち殺すために隠れている。兄も近くにいて、弟子も一緒に来た。

兄の教えた方法には、息子が泣きだし、センナが上の服を脱いだとたんに鉄砲で撃てと言った。らくだはゆっくりと行っていて、一番前のらくだに載っているセンナは前を見てて、息子は一番後ろのらくだに安らかに眠っていた。

兄は遠くからお経をとないはじめた。

途中で、息子が急に泣き出した。センナは慌てて左のおっぱいを出して、後ろに投げた。左のおっぱいが二十九頭のらくだを通って子供の口に見事に入ると、弟は驚いたけど、鉄砲で撃ったが、弾を手で掴んでにんやりした。

兄はお経を唱え続ける。

「誰だー誰が撃った？」とセンナが怒鳴った。

これを失敗だとわかった弟はすぐにもう一発撃ったら、センナに見事に当たり、夫の横をなにかものすごい早さでなにか通りすぎて地面に落ちた。

全てが終わったと思った兄はお経を終わらせて、弟子と一緒に弟の所に行った。弟は通り過ぎたものを手に持って、三人でその通り過ぎて近くに落ちた物を見ると、刀のかけらだった。

弟子は息子を手に取って面倒を見始めた。

「ほら、お嫁さんがただの人間じゃなくて、妖怪で山姥だから撃たれてこんな姿になっちまったのよ」

「最後にこんな姿になるなんて…」

「二十歳すぎた山姥はどんどん強くて、倒しきれない化け物になるんだよ」

実は弟には新しい家はなくて、新しい家自体もなく、センナに嘘をついていた。

全部終わったと思った三人はほっとした。

とりあえず夫の家でゆっくりしようと、らくだを連れて家に戻った。

弟子が息子をつれて帰った。

家に着いた弟はらくだを片付けてくるから、兄とその弟子を先に家に入っててと言って、しばらくして弟は家に入って来てお茶をいれようとしたら、兄が弟にお茶をだした。

「いやいや疲れたー」と弟が一息ついた。

「おまえ、息子いるけど一人になってしまったね」

「そうだねー俺、息子と二人きりになってしまった」

「息子さんとても可愛いですね」と弟子が言った。

「で、おまえこれからどうすの？」と兄が聞いた。

「ねー俺どうしようかな？　今から考えるよ」

「息子の名前って金太郎だっけ？」

「そうだよ」

「とてもいい名前だね、金太郎って」

「うん。俺実家から家の使用人を借りるかな？　仕事してる間に息子を見てくれる人がいないから」

「そうしなよ」

「一人になっちまってなんか変な感じ」

「そろそろ帰ろうかな？　暗くなる前に、あまり遅くなると道がわからなくなるから」

弟は、子供の育てかたが一切わからないから実家に行って相談しようと思い、息子と一緒にすぐに実家へ向かった。

相談した結果、息子を実家に預けることができた。

弟はそれからは家で一人で寂しい夜をすごすようになった。

弟に買いたいものがあって市場に出掛けた。

市場でお店を回って行くうちに顔見知りの飴屋さんに着いた。

息子にも飴を買ってあげようと思った。

「おお久しぶりー」

「久しぶり」

「元気だったか？」

「元気だったよ」

「最近どう？　忙しい？」

「ああ暇だよ暇」

「そうなの？　飴とかお菓子の売れ具合はどう？」

「それより聞いてほしいことがある」

「なに？」

「幽霊とか信じている？」

「ああそういうのいるんじゃない？　目に見えないものとか、人間とは違うなにか、妖怪とかね。この世界って人間と動物だけいるんじゃないから。急にどうしたの？」

「なんかさ、最近奇妙なものがおきて」

「誰に？」

「俺に」

「どんなこと？」

「俺、幽霊と触れ合ったのよ」

「どういうこと？」

「あれは、雨の降る夜だった。雨が止む様子なかったからお店を早く閉めようと思ったのさ。座っていたら寝ちゃったみたいで気づいたらどのぐらい経ったことか。くぐり戸を叩く音して目が覚めちゃったの。本当に戸を叩いた？　本当なら誰だろうと思ってね、とにかく戸を開けてみたのよ。そしたら、白い着物の女の人がいて、雨に濡れて可哀そうに立っていた。青白い顔をしてた」

「なにそれ、人間かい？」

「人間だと思ったよ」

「本当に人間かい？」

「まあまあ、最後まで聞いて」

「あっ、わるいわるい」

「その女が白くてほっそい手を前に出して、飴一文うってくださいと言ったのよ。俺はどきっとして声も出なかったよ。言われたとおりに飴を渡したのよ。飴を渡すと女は一文をことりと置いて、暗闇に消えてしまった」

「不思議だね。飴を買いに来るって。しかもお金を持って来てるってね」

「そしたら次の夜も同じ時間にくぐり戸を叩く音がしたのよ。戸を開けるとあの女がまた飴を一文売ってくださいと立っていた。一所懸命な女の顔を見ると可哀そうに見えて飴を渡してやった。昨日と同じように一文をことりと置いて暗闇の中に消えていった」

「不思議な女の人だね」

「あの女をどこの人なんだろう？　毎晩同じ時間に来て、なんだか思い詰めた顔をしているから気になって眠れなかったのよ」

「その女の人は今も来ているの？」

「いえいえ。毎晩来て、何も話せずにいるから、六日目にね、今夜こそあの女のあとをつけてみると決めたの」

「おまえなに考えてるの？　大丈夫か？」

「その夜もあの女を待っていると、来たの。痩せ細った手に一文持っていた。いつものように飴を渡して、もらうとすぐに帰ろうとしないから戸口に立っていた。俺は我慢できず『そんなに思い詰めた顔をしてどうしたんだ？』と聞いてしまったの。女はもの言いたげな目をしててじっと俺を見つめて一文をことりと置いて悲しそうに顔を袖でふせてうなだれて帰った」

「あまり話したことないのにそんなこと聞いていいの？」

「聞きたかったんだよ。俺はあの女のあとをおったよ。あの女はうつむいて足音もたてずに遠ざかっていき、あとをついて行ってたらお寺中に入った。俺は外から寺の中を覗いていると、ふっと吹き消したように姿が見えなくなったの」

「え！」と弟は目を大きくなった。

「俺はぞっとしてしりもちをついちゃったの。体が動かなかった。まるで金縛りにあったようにね。急におぎゃあおぎゃあと赤ん坊の泣き声が聞こえた。地のそこから聞こえてた。体がやっと動けるようになって、すぐに立ち上がって寺の中に入っておしょうさん！　おしょうさん！　とおしょうさんを探した。おしょうさんを見つけてあの女の事を全部話した」

「あの女の人は消えたんだ。おしょうさんはなんて言ってた？」

「何日前に身籠った旅の女の人が一晩泊めてほしいと訪ねてきてお寺に入れてもらうと、少しして寝てしまった。あの女の人を呼ぶと返事がなくて、近くに行くと死んでたんだって。大きな箱を用意して、小僧たちを呼んで女の人を箱に入れて土をほって箱に蓋して土の中にうつしたと言ってた。おしょうさんとあの女を入れた箱を見ることにしてさっそく土を掘った。そしたらなんていうことだろう、死んだ女の腕にしっかりとだかれた赤ん坊がすやすやと寝ていた。手には飴を握りしめててね。小さな袋にあったはずの六文せんはどこにもなかった。赤ん坊と女を見ていて可哀そうで涙がぽろぽろと落ちた。おしょうさんは赤ん坊が生きているか死んでいるかをもう一度確認したら、不思議に赤ん坊は生きていたのよ。おしょうさんは赤ん坊を取り出して俺に渡して、女のためにお経をあげた。そしておしょうさんに帰っていいと言われて帰ってきたよ。待って！　おまえ泣いている？」

「そんなことがあったんだね。でも赤ん坊が生きててよかったけど、不思議だね」と弟は泣いてた。

「おしょうさんが、死者が三途の川を渡る渡し賃は六文だって。人が死ぬと必ず一文銭を六枚棺の中に入れて埋葬にすると教えてくれた。おまえこの話を知っていた？」

「知らない、はじめて聞いたわよ」

弟は飴を何個か買って帰った。

弟は実家に行って息子と会った。息子は元気よく笑っていた。息子に買った飴をあげて、一緒に遊んでまた近いうちに来ると言って帰った。

息子の金太郎が一歳になる頃のある晩。

夜中に急に目を覚ました。そして女性の息を感じた。暗い中で目で周りを見渡したら近くになにか立っている。

「誰！」と震えた声で思わず言ってしまった。

「息子は元気か？　金太郎は元気だろうね？」

「おまえって…」

「私たちの出会いはいつだったかしら？　夏だったかな？　あの時はしばらくの間、

お互いしか見えなかったよね？　あなたも他の女性と関係を結ばず、あたしも他の男と会ったりしなかったのに」

「ごめん」

「どうしてあたしを殺したの？」

「それは…」

「自分のためかい？」

「いや…」

「自分のためならいいわ、息子のことを考えてなかったって訳か？」

「そうじゃないんだよ」

「雨がふり、雪がとけて、私はあなたに自分の秋をささげて、春もささげた。あなたと息子は私にとって世界のすべてだった。あの時、お互いが愛しくて、お互いに飽きることもなく、私たちの関係かなりよかったのに。私を殺してもいいが、息子が泣くころには私はいない。自分のために本当にあなたを愛していたのかな？　この世を全部あなたに与えたのに」と言っていなくなった。

金太郎は気は優しくて、力持ちになり、大きくなった。

金太郎の遊びに行く山はすごく高くて、てっぺんがポコッと空き出た独待の姿しているが、金太郎がいつもそこで遊ぶから周りはその山を金時山と呼ぶようになった。

金太郎はある石を気に入って、家に持ち込んでいつも遊んでいる。

ある日、金太郎は目が痛くて周りが見づらく、金太郎は家の使用人に泣きながら言ったら、使用人はいい温泉を知っているから、その温泉に金太郎をすぐに連れて行った。温泉に着いて、その温泉の湯で金太郎の目を洗った。少しして、金太郎の目の痛みがなくなって治った。

第九話・兄

兄は近くに出掛けていた。

川の近くにぽつんとある家の前に通っていると、その家の中から声がする。耳をすましたらなにかぶつぶつといっていて、通りすがりの人は「また言ってる」とつぶやいてた。

兄はその人を追って「失礼ですがどういう意味ですか?」と聞いてみた。

「ああ、あの家のばあさん。朝から晩までなんか知らんけどお経みたいなもんを唱えているんだよね」

「おばあさんが?」

「そう」

兄はおばあさんのお経をちゃんと聞こうと扉に耳をつけたら、わけわからないことを言ってたから、(これがお経? 聞いたことのないお経だ)と思い終わるまで聞いていた。

急にドアが開いた。

「おっ」

「あら、誰かしら?」

「すみません」

「君、なにしてたの？」

「すみません。おばあさんのお経を勝手に聞いてもうしわけありません」

「ああ、いいよ、あがっていきな。お茶一杯飲んでいきな」

「私は一人もんでね、じいさんが死んでだいぶ経つが、毎日毎日仏様をおがんでいたが、お経を唱えていなかったことに気がついて、誰かにお経を教えてもらいたいなあといつも思っていたらある日ね、一人のお坊さんが私に今のお経を教えてくれたんだよ」

「そのお坊さんはどんな感じで来たんですか？」

「あのお坊さんは道に迷ってたね。それで一晩だけ泊めてほしいとお願いされた」

「あの、お坊さんってどんなお経を教えてくれたが聞かせてもらえませんか？」

「いいよー」とおばあさんが手を合わせて目を閉じて丸くなった。

「おんちょうちょろでてこられそうろう、おんちょろちょろあなのぞきそうろう、おんちょろちょろかくれてそうろう、おんちょろちょろまたのぞきそうろう、そのままちょろちょろかえられそうろう、おんちょろちょろ、おんちょろちょろ、ですね」

おばあさんのよんだお経は今まで一度も聞いたことのないお経だったから変に思っ

た。(まさか、かっこうばかりの坊さまではないか? お経は一つも知らなかったんじゃない? 本当は坊さまじゃない?)と兄は思った。

お経を教えてもらった時はおばあさんは喜びすぎてこちそうなどあるものを全部出してお坊さんをもてなした。

そしてお経を忘れないように毎日一日中お経をとなえた。

兄が先に進んで友達の家にお邪魔した。友達も立派なお坊さんで、一緒に修行にはげんでいた仲間だった。

「久しぶりね」

「おお、久しぶりね、どうした?」

「ああ、弟と会ってきた。ついでにおまえの家も近いしって思ったら来ちゃった」

「あがって、お茶いれるからさ。少し疲れただろう」

「大丈夫大丈夫」

「そうなんだ」

「最近なにしてる? 面白い話もある?」

「俺に?」

「そう」

「おお、あるね」

「あるんだ」

「そう、やっぱりね、おまえと何年も会わないから、その間にね奇妙なものがおきたよ。まあでも俺たち坊さんには、普通の日常ってほとんどないってことを坊さんのおまえもわかってるでしょう」

「そういえばそうだね」

「去年の話なんだけどさ、うちの弟子の小僧が急に思い寄らぬこと言うんだよ」

「え?」

「山に栗を拾いに行きたいと、行かせてくれと言うの」

「ほう〜」

「それで、悪いことでもないし、危ないことではないしと思ったら、あの山に恐ろしい鬼婆がいることを思い出してやめとけと反対したんだよ。そしたらあの子『俺は平気、どうしても行きたい』と何度もお願いされて、うるさすぎてしかたなく行っていいと許可を出したのよ」

「たぶん他の子供たちが栗ひろいに行ってるから行きたくなったんじゃない?」

「でね、恐ろしい事にあったらこの札にお願いして助けてもらうんだぞと、三枚のお札を渡したんだよ」

「おまえにもそういうところあるんだ」

「小僧がね今までになく嬉しそうでわくわくしてるみたいで、テクテクテクテクと山へ登って行ったわよ。ひろえばひろうほどたくさんの栗があって嬉しくてたまらなかったみたい」

「暗くなる前に戻ってきた？」

「違うの、そう思うじゃん普通は。だけど、山の奥へはいりこんでしまったようで、周りが暗くなってきたのに、道がわからなくなったのよ。あっちへうろうろ、こっちへうろうろしてたら夜になっちゃって、灯りのある一軒家みつけたんだって。小僧が大喜びで戸をとんとんと叩いたんだって」

「よかったね、灯りのある一軒家をみつけて」

「そうだけど、普通の家ならいいけど、そうじゃないの」

「なんで？　なんでそうなるの？」

「まあその家がどうだったのかを話の最後で言うから、とにかく聞いて」

「わかった」

「戸を開けてくれたのがあるおばあさんだったんだって。おばあさんはなぜか小僧を見てすごく喜んだんだって。小僧を部屋の中に上げて、いろんなごちそうをそろえてくれたんだって。小僧もお腹がすいていたから断らず食べたんじゃない」

「ごはんまで出してくれるって優しいね」

「お腹いっぱいに食べてうつらうつらと眠くなってたら、おばあさんが布団を敷いてくれて、その側に横になって目をぎょろりと見てたと言ってた」

「わざわざ側に横になる必要あるのかな？」

「だんだん怖くなって逃げたくなって（どうしたらいいんだろう）と考えて、お便所に行きたいとお願いしたら、我慢しろと言われたんだって、笑っちゃうでしょう？人がさ、おしっこしたいとお願いしたら我慢しろってどういうことね」

「ね〜もらしちゃうよね、なに言っているおばあさんだろう」と兄と友達はクスっと笑った。

「『我慢できません。もらしちゃいそう』って小僧が言ったら『しょうがねえな、困った小僧だ、早く行ってこい、わかった』だって。お便所行く前に小僧の腰に綱をほといで、その端っこをぎっちり握り、小僧がお便所に行ったが、お便所の戸が閉めたとたん、綱をほどいてその中にある柱にゆわえつけて『お便所の神様、山姥が僕を呼んだら、まだまだと返事してね』とお便所の窓から逃げることができたんだって。で、小僧がなかなか出てこないから、お便所の前に立って『まだ？　長いぞ』と怒鳴ると、そのたびにお便所の神様が『まだまだ』と答えてくれたみたい。そのうちあのおばあさんおかしいと気付いたか、綱を強く引いたらお便所の柱ががたがたと音がして、綱が緩くなっておばあさんの手元に帰ってきたと」

「おばあさんって何者なの？」

「子供を食べるという鬼婆で恐ろしい山姥だったのよ」

「ああ、そう～それはそれは」

「山姥は、おのれだましたな、逃げたな、逃がすものかとかっとなって怒り、裸足のままで小僧を追いかけているから、お札の一枚を後ろに投げて『大きな大きな山になれ』と叫んだら大きな山ができたんだって。山姥はめっちゃ速いらしいよ」

「すごい力」

「すると、山姥がその山をかけ登って、小僧の後を追いかけてて、小僧が食べられるという恐怖で、二枚目のお札を出して、後ろに投げて『大きな大きな川になれ』と言ったら、山姥と小僧の間に大きな川ができたんだって。なのに山姥は大川を渡っちゃたんだよ。山姥の速さは信じられないぐらいだそうだ」

「そんな速いんだ、それで？」

「大きな川もなにごともなく渡りきったのを見た小僧は最後のお札を後ろに投げて『火事になれ』と三枚目のお札で火の海を起こしてやっとお寺に逃げ込んだんだよ」

「すごいな。山姥はどうなった?」

「お餅を食べたくなって夜中に起きてたのね、お餅をちょうど焼いていた。そしたら戸をどんどんどんと強く叩く音がしたから（なに?）と思って玄関に行ったら、向こう側から『僕です、僕です。早く戸を開けてください』と大声で叫ぶから、開けてみたら弟子の小僧だったし、すぐに中に入れたら、『この和尚、小僧を隠さないで今すぐに出せ、出さないと先におまえを食べてやるから』と言われたのよ」

「さすが妖怪だね」

「小僧を出せとうるさく言うから『俺と術くらべをして、勝ったら小僧をわたそうと言ったら『わかった。でも、先にこの私が術を見せるわ』と言ったから、それに『だったら、お団子ぐらいに小さくなれるか?』と言ったら、山姥は苦笑いしてお団子ぐらいに小さくなってくれた。「もっと小さく豆つぶぐらいになって見せてよ』と言ったら、言うことを聞いて豆粒ほどになったとたんにお餅にはさんでぺろっと食べた」

「えっ！　おまえ、あの山姥を食べてしまったの?」

「そうよ」

「本当に？　食べた後、大丈夫だった？」

「ええ、全然大丈夫よ」

「お腹が痛くなったりしなかったの？」

「うん、普通だったよ」

「でもそれと似ている話を知っているよ」

「えっ、どんなどんな？」

「あの北の寺のあの坊さんを覚えている？」

「あああのお坊さんね？」

「そう。あのお坊さんだよ」

「あの人がどうしたの？」

「あのお坊さんとその弟子の小僧もね今の話とすごく似てる」

「まさか、似てることがあるとは」

「うん。あのお坊さんがおまえとまったく同じく山姥を餅にくるんで食べたってよ」

「ああそう」

「北のお寺にお邪魔したときに聞かせてもらったんだよ」

「その話をじっくり聞いてみたい」

「そこの小僧が岸花を摘みに行きたいとお願いしてきて、しつこいからしかたなく『気をつけて行くことと、あんまり遠く行かないことと、早く戻って来ること』と、行かせたんだって。でも花摘みに夢中になってて山の奥に行っちゃったみたい」

「その小僧も同じく馬鹿だね」

「うん。日が暮れて困った小僧が歩きながら周りを見ていると、暗い中で明かりを見つけ助かったと喜んで明かりのほうへ向かって行ったら家だったたって。家の中でおばあさんが一人いて、小僧がお願いして泊めてもらったと。おばあさんは小僧にかえるを見せて食えと言い、頭がかゆいからしらみをとってくれと頼まれて、頭の中からしらみじゃなくていろんな虫が出て来たから囲炉裏へなげるとおばあさんはうまいうまいと食べたんだって。小僧は気持ち悪くなっても我慢した。怖かったみたい。夜中に小僧はおばあさんを人食い山姥だと知る。水の音が『起きて、ばばの顔を見ろ』と小僧の耳に言う。小僧は起き上がって便所行きたいとうるさく言うからおばさんはしかたなく足に紐をつけて行かしたそう。おばあさんがまだって声をかけると、小僧はまだと答える。小僧は便所の神様どうか助けてくださいと紐を便所の柱に結んだら、風が吹き、便所の神様が出て来て三つの三色の玉を小僧の手に握らせて今すぐに逃げて、赤い玉は火が出る、青い玉は湖が出る、白い玉はトゲトゲの山が出る。ばあさんはまた、小僧まだかと声をかけると、小僧の代わりに返事をしてた。ばあさんは小僧をいつまで便所にいるんだいとイラっとして紐を強くひっぱると、柱がおばあさんの顔に当たってきた。怒ったおばあさんは『よくも私を騙したな。必ず食ってやる』と小僧の後を追った。小僧はけっこう遠くに逃げたのにおばあさんは追いついたから、小僧は後ろに青い玉を投げた。そしたらおばあさんがその湖を飲んでしまったと、小僧は転がるように走っててておばあさんが早いから、小僧の近くまで来たから赤い玉を投げると、おばあさんの前が大火事になった。そしたら、おばあさんはさっき飲んだ水を噴き出して火を消して追いかけてきた。最後の玉の白い玉をなげたらトゲトゲの山ができた。おばあさんは痛い痛いと言いながらトゲトゲの山を越えてきた。小僧はやっと寺について、あのお坊さんが小僧を隠したところでおばあさんが寺に入ってきて『小僧を出せ』と怒鳴った。あのお坊さんは『小僧なんてここにいないよ』と言うと、嘘つくな、ここに入るのを見たから出さないと自分から探すよと大声に隠れてた小僧がカタカタと震えたみたい。そしてあのお坊さんはおばあさんに『術くらべしないか？　おまえが勝てば小僧を好きなだけ捜してもよい』と。おばあさんに『でかくなれるか？』と言うと、おばあさんはできると天井まで大きくなると、あのお坊さんが

『すごい』とほめて『今度は豆のように小さくなれるか?』と言うと、おばあさんが豆のように小さくなると、あのおぼうさんは焼いていた餅にはさんで食ってしまったという話でした」と兄は長い話をした。

「ほうほう。たしかに似ている話だな。でもこんな長く話すと口が疲れたでしょう。お茶を飲め」と二人は笑い話の話題を変えた。

「でもさ、似たような話を思いだした」

「どんな?」

「山姥の前に出た大水におぼれて死んだとか、大火事に焼かれて死んでしまうとか、山姥が寺の井戸をのぞいたら水に映る自分の影と天井に映った小僧の影見て勘違いして『ここにいたか!』と井戸に飛びこんで死んでしまったとかね」

「まあでも、この世に悪い山姥だけじゃないと思う。聞く話に貧乏な老夫婦がお正月にお餅つくのを手伝ったり、餅を分けてもらったり、村の人に綿の布をくれたりする山姥いると人から聞くから山姥も人間みたいにそれぞれじゃない?」

「山姥の死にかたもさまざまですしね」

「あの山姥の話を覚えてる?　うしかた山姥」

「ああ覚えている覚えている」

「牛に荷物を載せて山道を通って行っていると、そこへ山姥が現れて『荷物のサバを一匹くれ！　くれないとおまえを食ってしまうぞ』っておどす山姥だったよね」

「そうそう。うしかたはサバを一匹を投げて牛を急かして動かしていると、山姥がサバをばりばりと食べてすぐに追いついたでしょう？　牛ってのんびりで遅いもんだからね」

「そう。山姥が一匹をくれって言うたびに一匹をあげてたみたいよね。載せてたサバを全部山姥に食べられてしまって可哀そうに」

「山姥が満足せずに牛を食わせろって言うからどんだけ食べるねんって思ったよ」

「でも、自分も食べられてしまうと思ったから牛をおいたまま逃げたって知ってる？」

「知ってる。山姥が牛をめりめりと食べて、やっぱりうしかたを追いかけてきたよね？　うしかたが木に登っていたけど、続きが思いだせん」

「あれじゃん、池のそばの木だったから池に映ったうしかたを本物だと思って池に飛び込んだすきにうしかたが木をおりて走ってあるの家を見付けたから飛び込んだ」

「ああそうそう。でも運が悪いことにその家があの山姥の家だったよね。ああおもろいおもろい」

「そうそう。うしかたが天井裏に隠れて山姥を待ったよね？」

「そう。山姥が帰って来ると囲炉裏で餅を焼き始めたって知ってる？」

「知ってるよ。山姥が食べようとして囲炉裏に置いた餅をうしかたが食べてしまったよね」

「山姥が目を覚ますと餅が一つもなかったってね。それで山姥が怒りだしたよね」

「そう～あのうしかた、なんで山姥の餅なんか食べるのって思わない？　普通の人でも怒るでしょう？」

「怒鳴っている山姥に『山の神、山の神』と小さい声で言い、で、山姥が甘酒を出して、温め始めたよね」

「そう。うしかたも普通にいられなくてカヤの棒で甘酒を飲み干したよね」

「でも山姥は気づいたでしょう？　甘酒が減ったことに」

「気づいてね、甘酒を飲んだのが誰だ！　と叫ぶと、うしかたはまた『山の神山の神』とささやくと山姥が『もう寝よう、石の箱がいいかな？　それとも木の箱がいいかな？　とひとり言を言っていると『木の箱木の箱』とささやくと、山姥が木の箱に入って寝たじゃん」

「そうだけど、山姥がなぜその声に反応をしちゃうんだろうね」

「そう。うしかたが下りてきてお湯をいっぱい沸かして、木の箱にも穴があったから、その穴に熱々のお湯を入れて山姥を殺したよね？」

「でも、熱かっただろうね」

兄はそれからしばらくして帰った。

空も狐色に染まりはじめた。

自分の寺に帰るまで、まだまだ長い道がずらりと見える。

一晩過ごすところを探し、ある古い神社を見付けて、そこで寝泊まりしようと思った。

夜が明ける頃に兄は目を覚ました。

良い朝だったと古い神社から出て前に進み、途中で知り合いのお坊さんと出会った。

二人は久しぶりに会うから会話が多く、知り合いのお坊さんが自分の所の小僧の事を話した。

その小僧が絵ばかりを描いてお経をあげないと。お坊さんは怒って小僧を本堂の柱に縛り付けた。

小僧は絵を描けない悲しさで泣いて、涙が川のように流れた。翌朝にお坊さんは許してやろうと気持ちが変わって本堂の戸を開けて見ると、一匹の鼠が小僧に飛びかかろうとしていた。

　お坊さんはびっくりして悲鳴をあげた。

　しかし、鼠をよく見ると、鼠じゃなくて小僧が描いた絵だったと。

「これ君は書いたのかい？」

「はい」

「何で描いたの？」

「僕はこれを自分の涙で、足の指で描きました」

　小僧の描いた絵があまりにも上手だったのでそれからは絵を自由に描いていいことになった。

　怒りもしなかった。楽しみにして代わりにほめるようになった。

　兄は知り合いのお坊さんと別れた後に、えらい方の市守長者に挨拶をしにいった。

「お久しぶりです」

「おお、ごぶさたですね」

「市若丸様の顔を見にきました」

「ありがとうございます」

「お茶と菓子をだすから一休みしてね、ずっと歩きっぱなしでつかれるでしょう」

「ありがとうございます。国では相変わらず貧しい人や子供を見かけるから心苦しい」

「そうだね。私も子供の頃結構貧しかったなー、自分の力でここまで来れたのは大変でしたね」

市守長者は子供の頃に家庭が貧しくて、町を歩いていてお腹が空いたあまりにしゃがみこんでしまった。

（食べる物なくこんな辛いのならどんな大変な仕事でもする。お腹いっぱいになにか食べたいな）と心の中でつぶやいた。

近くにいた大人何人かが「三輪の里で大きな米市場が立ち、たくさんのお米が集まるらしいよ」

「そうだよね、米を売る人と買う人はそれに運ぶ人でばたばたするかもね」

「あそこへ行けば仕事がたくさんがあると思う」

「たくさん稼ぎそうだね」

「いいね、俺らも行っちゃおうか」と話が耳に入って自分がそこで働きたい、そこで働いてお金をもらえば両親にもお腹いっぱいにごはんを食べさせることができると決心した。

体中に力が湧いてきて立ち上がって家へ向かえた。

「おとうさん、おかあさん、俺ね三輪の里に行ってきます。あそこに米市場ができるんだって」

「どうして行くんだい、市若丸」

「あそこに行けば俺に合う仕事があると思います。二人にも、もっと美味しい飯を食べてほしくて」

「ごめんね市若丸、こんな貧しい家で。私たちがもうちょっと若くて力があったら、おまえにももっとたくさんごはんを食わせるんだけどね」

「そんなこと言わないでよ。僕はそんなことを思ってないから。とにかく三輪の里に行ってくるね」

市若丸は道端の人から米市場の場所を聞きながら歩き、米市場に着いた。

米市場で目の前にたくさんの人でにぎわってて、どれもこれもはじめて見る光景でおどろいた。歩いていると「どいてどいて」「じゃまだじゃまだ」「あっち行って」「おい！」と怒鳴られた。

どの人も熱い中で汗水たらして一生懸命に働いている。

市若丸は親方を見つけて仕事をお願いした。

親方は市若丸を見て「おまえ子供か、ここには子供に仕事がないんだよ。ああ、でも、米市の掃除でも頼もうか。しかし、だちんはそんなにあげられないね～」

「ありがとうございます。だちんはいらないです。ただ、お掃除したらはきだめのちりを全部ください、おねがいします」

「この世に変わった子もいるもんだね。それでもいいのなら働きはじめてね」

市若丸はほうきとちりとりをふるいを見つけてきてすぐに仕事にはいった。

夕方になり、そこで働く全員が帰る頃に市が信じられないぐらい綺麗になってた。

市若丸の履き集めたちりの山をじっと見ていて、ていねいに分けた。分けていると、小さなもみの山ができて、持っていた布の袋に一粒のこさず入れた。

すると、いくら食べても食べきれないほどのもみが集まった。側にあるふるいとほうきとちりとりに感謝の気持ちを伝えて頭をさげた。

翌朝、市で働く人たちが出勤してきてびっくりした。

ゴミやちりが一つも落ちてないことにびっくりし、仕事する所が朝から綺麗だと一日中気持ちいい」というのが何日間の話になった。

なぜか「米市を掃除をするおかしいな子がいる」と市若丸の噂が広まるようになった。市若丸はそんなことも気にせず汗水をたらしながら一生懸命に働きつづける。三週間で集まったもみは米俵にいっぱいになった。

一年すぎ、二年になる年に市若丸の家が米でぎっしりとつまれ、両親もごはんをお腹いっぱいに食べられるようになった。

市若丸が仕事をしていると親方に呼ばれた。

「市若丸、我が家に長年子供がないことを知っているでしょう、だから私の子供にならないか？　おまえみたいなしっかりした真面目な子供は家にいて安心する」と言ってみた。

「親方様、僕は親方様に大変感謝している。こんな僕に仕事をあたえてくれたことで。地面に落ちたお米をひろい、貧しい親子三人でやっとおなかいっぱいに暮らせるようになったばかりです。親方様、これからも米市の掃除をさせてください」

だんだんと市若丸を誰も変な子と言えなくなり、市を綺麗にする子と言うようになり、市守と呼ぶようになった。

都には殿と呼ばれる人がいて、その人には美しい一人娘がいる。

殿や周りの人は、娘がお嫁にいかないから心配し、婿の話をするが、なぜか婿がきまらない。

そんなある日に娘の枕元に一匹の鼠が現れた。

鼠に気づいた娘は怖がることなく、鼠を見て可愛いと思った。

「きみ、どこから来たの？」

「お願いだから私に悪いことしないで」

「いいえそんなことしませんよ。だけど、きみなんでここで一匹でいるの？」

「実は、私の暮らしていた村に化け物が現れて、私たち何匹か食べれてしまって今逃げきたの」

「そんなことあったんだ」

「あの化け物はとてもひどいんですよ。最初はえらいお坊さんだと思い、毎日そのお坊さんのお経を聞きに集まってましたが、そしたら化けの皮がやぶれたみたいに急に私たちの仲間を食べたんだよ」

「それはとんでもない化け物だね」

「お嬢さんはなにか悩んでらっしゃいますか？」

「ああ、悩みはあるさ」

「どんなの？」

「私はもうお嫁にいく歳になってね、親や周りの人たちが婿の話を持ってくるんだが、自分に合った相手がまだいないんだよ」

「そう…それじゃあれはどうかな？　大和の国の三輪の里に市若丸という男がいる。お嬢様にぴったりだと思う。早くあの男の所に行ってください、じゃないと他のおなごと結ばれちゃうかもよ」

（彼こそが私の理想な相手だ。間違いなく神のおつげだ）と娘は外が明るくなる前に内緒で屋敷から出て行った。

　娘は三輪の里に着いて市若丸を探しはじめた。いろんな人から聞いてやっと見つけた。市若丸はちょうど家にいて、戸をとんとんと叩く音がしたから開けてみると目の前に美しくて若い女性が立っていた。

「私は神のおつげでまいりました。私をあなたのお嫁にしてください」という娘の言葉にびっくりした市若丸は、かたまってしまった。

「すみません、今、僕、ちょっと何も理解できないんです」

「ああ、とつぜんすみません」

「でも、何日前のことなんだけど、ある鼠が現れて、近いうちにある若くて可愛い娘がやってくるから、その娘を妻にして、仲良く、死ぬまで離れないでいてね、と言われて待ってたよ。まさか、その娘はきみなのかな？」

「そうです。あたしもその鼠から言われたんだよ」

「今は僕、米市の掃除人。どの男よりも貧乏で、安定した仕事でもない。それでもいいならお嫁さんになってほしいです」

市若丸はなにも隠さず全部話した。

娘は市若丸の話を聞いても考えを変えることなく、ぜひ市若丸のお嫁さんになりたいと決めていた。

市若丸のお父さんとお母さんと親方もこんなめでたいことはないと、急いで祝言を挙げた。

何日をすぎて、娘は親に祝言をしたと報告をしました。

親は心配だったが、とりあえず三輪の里へ向かった。

二人は、鼠のおつげにびっくりしたが、米市で汗水をたらしながら働く市若丸の姿を見て感心した。

帰る時に「娘をよろしくね」と頭をさげた。

お祝いに自分のもっている大和の広い土地を市若丸に全部あげました。

それから市若丸は今まで辛かったときのことを忘れることなく、貧しい人にはお米をあげて、働きたいけど仕事が見つからない人に仕事を探してくれたりしていて市守長者と呼ばれるようになった。

娘と市若丸の前に現れた鼠は、実は市若丸の家でごはん食べている鼠だった。

市若丸に見つかった時、鼠は食べ物もなくお腹を空かせて力なく横になっていたが、市若丸がその鼠にご飯をあたえて、お水を飲ませた結果元気になった。市若丸は鼠を家の近くに置くようになり、お水とごはんをもっていって養っていた。

鼠は命を助けてくれた市若丸になにかしてあげたいと思って、外に出て行った時に殿の娘のことを知って市若丸と結んであげようと思って行動をした。

「こういう話知っている？」

「どんな話？」

「三本の矢の話を知っていますか？」

「もちろんですよ」

「でもこの話さ、日本のじゃないんじゃない？」

「どうしてそう言いきれるの？」

「私、先月、ある外国人と出会い、その外国人に三本の矢の事をたまたま話すと、その人の国にも三本の矢とまったく同じ話があると言いました」

「ほうほう、どんな話なの？」

「日本の三本の矢の話は、明日でも死んでもおかしくない重い病気になった殿様が三人の息子を呼んで、三人に矢を一本ずつあげて折らせるじゃないですか？　それで簡単に折れて、次に矢を三本ずつ渡して折ってみろ言って、息子たちは言われたとおりにやってみたが全然折れなかった。『いいか、一本の矢はすぐに折れる。けれど、三本がまとまれば強くなる。この矢をおまえたち兄弟の心と思え。兄弟三人の心が一つになれば誰よりも強い』と聞かされ、兄弟三人はその教えを守り、心を合わせることになったと」

「そうだね、三本の矢の話は確かにそうね。でもその外国人の話はどうなの？」

「その人の国では、ある一人親家庭のお母さんが春のある日羊の肉をゆでて、息子の五人兄弟を集めた。矢を一本ずつあたえて折ってみろと言って、息子たちは矢を簡単に折ってしまいました。次に一つにまとめた五本の矢を渡して折ってみろと言い、誰も折ることができなかった。『あなたたちが仲が良いままでいると、この五本の矢みたいに丈夫で強くて誰にも負けない。もし一人一人で行動すると一本の矢みたいに簡単に負けるよ』という話です」

「まったく同じだね」

「初めて聞いた時に驚いたもの」

「私もおどろきました」

「でもひどい人買いがいたもんね」

「そうだ。言われて思い出したよ」

「あの、姉が可哀そうに亡くなったよね」

「弟は本当にえらい子だったよね」

「そう、親子が本当にかわいそうだった」

「たぶん、そのお母さんと会ったことあるよ」

「え！　ほんとうに？」

「そう。ある女性が私の所に来てお経を聞いてから夫がわけのわからない罪にきせられたと言ってたな。私は困ったときに頼ってね、とあるおじぞうさんを渡したんだ」

二人の言ってた親子とは、仲のいい姉と弟がいて、お父さんとお母さんと楽しく平和に暮らしていた。お父さんはぜんぜん悪いことしてないのに急に罪をきせられて遠い所へ送られてしまった。残されたお母さんと子供は泣き暮らし毎日辛かった。

ある日、息子は思い切ってお父さんと会いに行きたいと言う。お母さんは身代わりおじぞうを息子に渡した。

「困った時にこのおじぞうさんが助けるでしょう。苦しい旅ですが皆で乗り越えよう」とお母さんが言うと、娘と息子が頷いた。

家を出たお母さんと子供は一ヶ月ぐらい歩き続けてくたびれた。

宿を探したが、どこも泊めてくれません。しかたなく、橋の下で休むことにした。するとと、見知らぬ男が目の前に来た。

「こんなところにいてはいけません。体に悪いよ。私の家に泊まりなさい」

お母さんは喜んで、子供たちを温かい布団で休ませることができると思って男の後をついていった。

子供たちは久々に温かいごはんを食べ、暖かい布団に入った喜びが顔に出ていた。

子供たちが眠ってしまった後にお母さんは男に自分におきた悲しいできことを全部話した。

「ふんふん、そういうことあったか、とても辛かったね。これからは心配いらぬ、私にまかせなさい。明日の朝は筑紫へ行く船が出るからその船の持ち主に頼もう」

「本当にいいんですか？」

「ええもちろん。もちろんですよ」

「本当にありがとうございます。この恩を一生忘れません」

お母さんにはあの男が神様のように見えてきた。

ところがこの男がとんでもない恐ろしい人買いだったのだ。

翌朝、お母さんと子供たちは騙されてべつべつの船に乗られた。

海に出ると、お母さんの乗った船は左へ、子供たちが乗った船は右へと進みはじめた。お母さんは船頭の手にしがみついて「これはどういうことですか？」と言うと「うるさい、黙りなさい」と船頭はお母さんをつきとばした。子供二人は「おかあさん、おかあさん」と一生懸命に叫んだ。

お母さんの乗った船はどんどん離れて行き、やがて消えてしまった。

「お母さんはどこへ連れて行かれたんだろう」と子供二人は抱き合って泣いた。

こうして親子はべつべつに売られてしまったのさ。

子供二人は浜に着いて、行った先はお金持ちのおじさんの家だった。

おじさんは「こりゃなかなかのいい買い物したわ」と二人をみてにやにやと笑った。

二人を小屋に連れて行くと、さっそく仕事をやらせた。姉を海で塩をくめと、弟を山で薪をとって来いと、なまけたら二人にごはんも当てないよと言った。姉は歯をくいしばって塩水の入ったおけをかついで歩き、弟は足の骨が痛くなるまで薪をひろう日々。毎日が辛くて、夜には二人は泣きながらなぐさめあい、あまりの辛さに時々死んでしまいたいと思うこともあった。

寒くなってきて、体が勝手に震える夜の日に弟は姉にこう言った。

「お姉さん、ここを抜け出しましょう」

「そんなことできるの？」

「はい。僕の足は山での薪とりで強くなりました。ここを抜け出してお父さんを探して救い出しましょう」

「君一人で行きなさい。私が一緒に行くと捕まってしまいます。勇気を出して一人で行きなさい」とお姉さんは強く言った。

「わかりましたお姉さん。後で必ず迎えに来るからね」

弟はお姉さんの言うとおりにそっと屋敷を抜け出した。

気づいた屋敷の男たちは姉を激しくせめて、姉は男たちの悪い態度に我慢していたが、あまりにひどすぎてとうとう息絶えてしまった。

その頃弟は走り続けて山の中にある寺に入った。

「助けてください。怖い人たちに追われています」と言っていると、男たちが追ってきた。

「子供を隠しただろう？　どこに隠した？」と男たちはお坊さんを押しのけて寺の中を見回った。

「このつづらの中に隠したでしょう」と乱暴な手つきで男たちはつづらの蓋を開けた。

「あっ！」と男たちは手で目をふさいだ。

つづらから急に光がさして、そこには光り輝くおじぞうさんが座っていた。

「眩しい、目がつぶれてしまう」と男たちが寺から出ていった。

「もう大丈夫だよ。出て来ていいよ」とお坊さんが弟に声をかけた。

弟はお坊さんと同じくつづらから出て来たおじぞうさんに手を合わせて頭を下げた。

「おかあさんがもたせてくれた身代わりおじぞうさまが助けてくれました。お坊さん、おじぞうさんありがとうございました」

それから弟は勉強をして、学習をして、立派な役人になった。

弟は役人になって一番最初にやってた仕事は人買いをなくすことだった。

そしてお母さんの行方を探しはじめた。

いくら探しても見つかることはなかった。お母さんも亡くなってしまったんだろうと思い、悲しい気持ちで過ごす日々の中で、悲しそうに歌声が聞こえてきた。

近づいてみるとあるおばあさんが歌っていた。

おばあさんの歌を聞いていると、自分のお母さんだとわかった。

「おかあさん、おかあさん、無事だったのですね」と弟の目からあふれた涙がお母さんの目にかかると、不思議なことにお母さんの目が見えるようになった。

「ああ、うちの息子りっぱになったこと」と親子は抱き合った。

その後、お父さんの罪が間違いだったと無実になって解放されて、お父さんとお母さんと息子が姉のことを思いながら静かに暮らしたというお話。

「じゃあ私もそろそろ帰ろうかな」

「そうですか、ゆっくりできた？」

「ああ、十分十分」

「これをもって行ってね」

「なにこれ、お米じゃ？」

「そうだよ」

「いらんいらん。まるでお米を欲しがって来ているようになっちゃうわい」

「面白いこと言いますね、あげたいからあげてるのよ」

「わかったわかった。ありがとうね」

兄は歩いてて（明願とも会いたいな）と思い行き先をちょっと変えた。

「ごぶさた明願」

「ごぶさたです。元気でしたか」

「ああもちろん」

「最近どう？　忙しい？」

「それはぼちぼちです」

兄は明願と楽しく喋ってて、生きているおじぞうさんがいると話した。

明願にはそんな不思議なおじぞうさんがいると初耳。

兄からどうやったらそのおじぞうさんと会えるのだろうと聞いても、兄は詳しくわからないと言う。

兄が帰った後に、夜になっても生きているおじぞうさんの話が明願の頭から離れられなかった。

次の日にも生きているおじぞうさんのことばっかり考えて仕事が手につかなくて、会ってみていろいろ話を聞いたり、いろいろ教えてもらいたいと思い、居ても立ってもいられず、自分がいるお寺の側にある古い石のおじぞうさんに手を合わせて、生きているおじぞうさんに会わせてほしいとお願いした。

明願の願いは何日たってもかなわなかった。

（あのおじぞうさん、石で作ったからこんな願いはやっぱり無理かもな）

明願はがっかりしながらまたもお願いしてみた時に「明願、明願、おまえは長く生きているじぞうに会いたいなら下野の国の岩舟へいきなさい」という声に目覚めた。

「今の声は…まさか、あのおじぞうさん？」という明願は、自分の願いがやっと叶えられたと大喜び。

明願は旅の準備をして岩舟へ向かった。

下野の国の岩舟までは一ヶ月かかる。

やっと岩舟に着いた時に疲れきってて、着ているものも泥まみれでひどい姿になってた。そんな不憫な姿で田んぼの仕事している人に話をかけた。

「すみません、生きているおじぞうさんはどこにいますか？」

明願を見た人は目を大きくして怒鳴った。

「そんなおじぞうさんは見たことも聞いたこともないよ」

「田植は終わってもないのにじゃまだよじゃま」

田植で大忙しい人たちが明願をじゃま扱いした。

明願はその夜に村にある小さな古いお寺に行くと、年取ったお坊さんが一人いた。泊めてほしいとお願いして、泊めてもらうことになった。寝ていたら人の声が聞こえた。

「お坊さん、私の田植を手伝ってください」

「僕の家の田植も手伝ってくださいませ」

「田植が全然終わりません。どうか力をかしてください」

村の人々が明願の泊まっているお寺のお坊さんに田植の手伝いのお願いをしに来ていた。お坊さんはずいぶん年を取っているのにどの人にも「はいはい、わかったわかった」と答える。明願はそのうちに完全に目を覚ましてしまった。

（あの年でこんなに人の願いを引き受けてできるのかな？）

お坊さんの日に焼けた顔をどこかで見た気がしてどうしても思い出せない。

朝になり、お坊さんはお手伝いをしに出た後に明願も村を見て回ろうと外へ出た。

明願は村をちょっと歩いてて驚くことになった。

あのお坊さんはさっきお寺のそばの田んぼにいたのに、いつのまにか別の所を手伝っている。近くの山にいた。

明願が行く村の所々にいるから不思議に思った。

（あのお坊さんこそ生きているおじぞうさんだ）

そう思ったとたん嬉しくて元気が出り、旅の疲れが吹っ飛んだ。

明願は先にお寺に戻っていると、あのお坊さんも帰ってきた。

「聞いてください。生きているおじぞうさま、この私をここに置いてたくさんのこと教えてください」と急に言い出し、心をこめて頼んだ。

「私を生きているおじぞうさんだと？　なんで私が？　明願きみはどうやら疲れすぎてしまったみたいだね」

　喋ることができない、歩くこともできない石のおじぞうや、木のおじぞうでも、おじぞうに変わらないと言葉はどこに行っても同じであると、あの坊さんが教えた。

「こら明願。何度言ったらわかるの？　おまえはもう帰れ。そして一から仏の勉強にはげみ、その教えを広めるんじゃ。この袋の米をあげるわ」と、明願は黙って隣の部屋へ入った。

　翌朝、明願は追い立てるようにお寺をあとにした。

　そこからある宿を見付けて無事に泊まることになった。

　寝る前に宿のおかみさんにあのお坊さんのくれた米をいらないものと渡した。おかみさんがその米をといで火をつけた。一握りの米が釜いっぱいになってしまうなんて思いもよらなかった。

「こんなことは初めてなのよ。えらいお坊さまに泊まってもらって、こんなにありがたいことはないわ」とおかみさんや宿の全員が明願をえらいお坊さんのように扱い、おがみだしてしまった。

「待って待って、僕はただのお坊さんだよ。やめてください」

不思議な米のおかげで、泊まった宿、宿で大変な騒ぎを起こし、やっと帰れた。

明願はもらってきた不思議な米の残りをおかゆにしたら、そのお米はふえてふえて、大釜にして、七釜ものおかゆになった。

たくさんの人を呼んで、皆で腹いっぱいに食べたが、食べきれないほど残った。

もったいないけど、くさらせて捨てる代わりにお寺の庭に穴をほってうめたら、そこから一本の木が生まれた。

秋になると赤い実がたくさんなり、美しい木になった。

七つの釜のおかゆから生まれた木だから「ななかまど」と名付けた。


いつの年か、兄は寺でゆっくりしていた。

ちょうど五月から六月になる夏に庭に咲く大きな白い花の夕顔を相変わらず綺麗だなあと眺めていた。

「せんせい、夕顔は今日も綺麗ですね」と弟子がお茶をもってきて近くに座った。

「夕顔はたしかにとても綺麗なお花。初夏の風が吹いたらあちこちに夕顔の白い花が風にそよいで、その夕顔の花が咲きはじめる」

「だけど最近夕顔をあまり見掛けないですね」

「そうだね。今は植えている家はほとんどいなくなりましたね」

「どうしてですか？　夕顔は夏になるとでかい実をむすびますし、実は薬にもなるし、つけものにもなるのに」

「昔はね、どこの村でも夕顔を庭先や畑に植えていたけれど、熊野灘の入り江の奥の三里では夕顔をけっしてうえてはならんと言い伝えがあったよ。だから今は夕顔を植えなくなったみたい」

「せんせいどうしてそうなったんですか？」

「何年か前の出来事だが、ある男性が亡くなった状態で見付かったんだよ。見付けた人の話ではその男性の目線が掌にあって、掌を見たまま亡くなってたと」

「あれから三木里では誰も夕顔を植えなくなったと。いまでも夕顔の種をよく見ると山姥の顔によく似ていると言われている」

「なるほど。せんせいその話をもっとくわしく教えてください」

「毎年、一人のばあさんの決まりだったかわかんないけど、裏の深い山から村に降りて来てた。背が高くて、ぼうぼうの白髪をしてて顔に黒いほくろがあった」

「特徴もあるんですね」

「そう、村の人はあのばあさんのこと気味悪がってたね」

「なんでですか？」

「そうね、ばあさんは別に悪さをすることなく、ただただ糸を紡いでいる」

「どこでですか？」

「ばあさんは村を回って、誰かの家に勝手に入ってごはんを少し食べて、一日中カラカラと糸くり車を回しているという。夕方になると、『帰ります、また来ますね』と言って山へ帰ってたんだって。でも不思議なことに紡いでいる割には糸が少しもまけていないんだって」

「それは不思議だ。一日中ずっとやっているのなら、なんでなんだろうね」

「そう。どの家でも話題になってたんだって。どんな人もばあさんに文句言うのも気味悪くて、一杯のごはんを食べに来るだけだから、ばあさんの好きにさせててた」

「村の若い男性の一人が、ばあさんのことを聞いたみたいで『どこの家もごはんを一杯しか食わせないからな。もし、俺の家に来たら驚くほどうまいめしを食わせて、皆がおどろくほど糸を紡がせてみせる』と言ってたね」

「せんせい、その男性を知っているのですか？」

「ええ。だけどね、彼は、ばあさんを待って待って翌年になっちゃったんだよ。そしたらある日、やっとばあさんが来たのよ」

「あっ、待ちに待った人が？」

「そう。彼はすぐに家にあげた。彼の出した食事は、山もりの白米とタイの煮つけとかぼちゃ煮とおしんこだった」

「すごいごちそう」

「ばあさんはね、山もりのごはんを多いと言い、減らしてもらって、せっかく出したタイの煮つけとかぼちゃ煮とおしんこに手をつけず、白米だけをうまそうに食べたから、彼は『どうして食べてくれないんですか？』と言ったみたい。ばあさんは何も言わず糸をくり車をカラカラと回しはじめたみたい」

「食事がもったいないですね。そんだけ出しているのに食べないって」

「『ばあさんはなにが気にいらないのか？　なにを出したら食べてくれるんだろう』と思って、なにを出したら食べてくれるの？　なんでも食べさせるから言ってくださいって聞いたら、ばあさんが彼をぼーっと見てて『夕顔の種』と答えたんだって」

「夕顔の種？　あの夕顔という花の種？」

「そう」

「よりによってなんで夕顔の種なんだろう？」

「彼は『変わったものが好きなんだね。そんなものが好きなら、明日に集めてくるよ』と言ったらばあさんの顔に笑顔がうかんだんだって」

「あつめるのそんな早くできるのかな？」

「それができたみたい。翌朝にばあさんが彼の家にやってくると、ばあさんの目の前にポンっと出したのよ」

「夕顔の種を？」

「そう。ばあさんは嬉しそうに夕顔の種をぽりぽりと食べて、カラカラと糸をまいて、糸がどんどんと太り、三本と四本と出来上がってた。彼はばあさんをみながら（ほらみろ、俺の思ったとおりでしょう）と心の中でつぶやいたそう」

「変ですね、種だけを食べて頑張って糸を紡くって」

「だけど、彼がぞっとすることになる。ばあさんが種を食べるたびに顔のほくろが大きくなっていったみたい」

「それはなんていう現象だろう」

「その時にちょうど日暮れが近づいていてばあさんが立ち上がって帰ると彼の家から出ていった。彼もね普通にいられなくてばあさんがどこに帰るかを見ようと後をつけたら、ばあさんは裏の山の奥に入っていった。化け物の谷ってあって、そこに降りていったみたい。彼は隠れて見ていたら、ばあさんは谷ぞこにぽっかりあいた穴にすうっと入った。それであのばあさんを、おげこ谷に住む山姥に間違いない、おとなしくいたら食われちゃうと思ってすぐに帰った。月の明かりをたよって一生懸命に夕顔の種に似ている小石を拾い集めた。翌朝に囲炉裏の火でかんかんに焼いた夕顔に似た小石を皿に入れてばあさんを待っていた」

「気づかれてなかったんのかな？　まさに山姥だったとは、夕顔の種と似ている小石を集めるのが大変だったと思うけど、それを焼いて皿に入れたとは、山姥は一目でわかるでしょう？　それにしても食べないでしょう」

「ばあさんは朝早くに種を食べに彼の家にやってきた。彼はばあさんに対して『今日は食べさせてあげるよ、口を開けて』と彼が言うと、ばあさんは口を開けると彼はかんかんに焼けた小石を流し込んだ。焼小石を飲み込んだばあさんは苦しそうに叫んで、喉内までやられて顔が恐ろしい山姥の顔になって死んでしまった」

「それ人間でも死ぬわ」

「彼は死んだ山姥を家に置いたくないからおげこの谷のほら穴にほうりこんでやろうと行った。歩いているうちに山姥はだんだん軽くなった気がした。山姥を見ると体は両手に入るぐらいに小さくなってた。さらに、ぐんぐんとちぢんで片手の掌にのるぐらいになってしまったのだ。でも顔のほくろだけはそのまま。ほくろが顔になってた。

あまりに気持ち悪くてへとへとで座り込んだ。山姥は夕顔の種ぐらいになってしまってた。それで村の人が彼を見付けた時はすでに死んでたって話。最初に話してたとおりにね」

「ああ、そうなんだ」

「それからは、あの三木里では誰も夕顔を植えなくなったとさ。夕顔の種をよく見てみ、山姥の顔に似てるよ」と教えてくれた。

　毎年五月五日には鬼や山姥が家へ入らないように菖蒲と蓬を軒に挿すと結んでいる。しかし九州では、五月五日の菖蒲と蓬の故事とするところもあるけれど、大歳の夜とか十一月の丑の日といって山の神祭として松、竹、ウラジロ、ゆずりはの中にかくれたと語って、正月の飾りの故事とするところもある。

「山姥と会ったことあります？」

「まだないね。だけど、聞いたことあるが、ある山にひっそりと住んでいる美女がいて、それを美神と言われていて、子供もいる。子供は三人兄弟で、長男は餅つき、次男は鴨で料理し、三男は酒を注いだりしてとても仲がいいらしい。山姥の母性愛が強いと思う。でも山姥って姿を見せないいんだよ」

「僕も見たことないんですが、なんか、山の中の植物や自然を変える力を持ったり、物を変化させる腐敗の力があり、不思議な力があっていて、まがまがしい力にあふれて奇妙な妖怪だと思っている」

「うん。でも山姥に山の中で出会うとよくないことが起きるのよ。山姥と出会った後に原因不明の病気になることあるからそれを山姥の祟りとみなされる。その真逆に訪問をうけた家は金持ちになる家もいる。山姥を子供の守りの神といい、子供の出産や成長を守護する山の神という伝承があるのよ」

九州では、ある嫁は山姥に変化して男を甕に入れて担いでいった。

別の山姥は、隠れてた人に気づいて「私のしたことをおまえ見たな」と言ってその人を瓶に入れて山へ運んでいった。しかしその人は途中で逃げ出してユズリハとウラジロの中に隠れた。そしたら山姥は強く文句言ってあきらめて帰ったが、大晦日の蜘蛛になって自在釣りを下りて山姥は人につかまえられて炉に焼べられてしまう。

秋の午前中に弟子が片付けをしていて、見たことない茶釜を見付けて、すぐに兄のところに行って、聞いてみた。

「おしょうさん、これなんですか?」

「ああ、それは、懐かしいなー。どこから出て来たんだ?」

「さっき片付けをしていると出てきました。いったいなんですか?」

「ああ、それ預かりもんでさ、茶の湯の好きな仲間から預かってくれと頼まれてね、もう忘れてたよ。古道具屋さんから気に入って買ったみたい。それにも物語があるわよ」

「どんなですか？　ぜひ聞かせてください」

　兄はその茶釜の話をしてくれた。

　兄の仲間は茶釜を買って大事にし、毎日眺めていた。そんなある日に眺めていてもしょうがないからお湯でもわかしてお茶をたててみようと茶釜に水をさして囲炉裏にかけた。ぶくぶくといい音してお湯をわかしてねと思っていたら、ぶくぶく熱いよぶくぶく熱いよと茶釜がなきだした。（それはそうよ、熱くないとお湯はわかないよ。あついのはあたりまえよ）と思っていたら、茶釜が飛び上がって「あちちち、もう我慢できない」と言って茶釜に手足が生えて頭が出てきた。

「大変だ、茶釜が化けた」と言うお坊さんの声に弟子たちが慌ててほうきとはたきをもってきた。

「どうしたんですか？　大丈夫ですか？」

「いま、いま、茶釜に足が生えて頭が出てきて逃げ出した。つかまえて」

「え？　なにを言っているんですか？　茶釜はちゃんと床の間にありますよ」

弟子たちはにやにや笑ってお坊さんの部屋から出ていった。

茶釜は確かに手足と頭が出て逃げ出したんだけど、なぜ床の間にあるのか謎で気味が悪くなった。

その日に近くにくずやさんの声が聞こえた。

お坊さんはすぐに出てくずやさんに声をかけた。

「くずやさん、くずやさん、これを持ってってくれ、ただであげるから」

おぼうさんはくずやさんに茶釜をただであげた。

くずやさんは家に帰ってその晩、茶釜を自分の近くに置いて「これはありがたい。こんな立派な茶釜なら高く売れるな」と言いながら寝てしまった。

夜中に「もしもし」と言う声に目が覚めた。

周りを見ると、近くに置いた茶釜に顔と尻尾が出ていた。

くずやさんが茶釜のお化けだと飛び起きた。

「まあまあそんなにびっくりしないでよ。私は元々は狸で、犬に追いかけられて逃げ込んだのが古い道具やさんなんです。茶釜に化けて隠れてたらお坊さんに買われちゃったんです」と茶釜が急に喋りだした。

「そうなんだ、それでお坊さんに正体がばれたんだね」

「そうなんです。囲炉裏にかけられたら火傷してしまいますよ。お願いします、また火傷したくないから私を誰にも売らないでほしいです」

「でも私は貧乏だからあまりごはん食べさせることはできないよ」

「大丈夫です。私はたくさん稼ぐから。私はなんでもやります。今すぐに小屋を建てて、世にもめずらしいぶんぶぐ茶釜のつなわたりだと、お客さんを集めてほしいです」

くずやさんはたぬきの茶釜の言うとおりに、いいと思ったところに小屋を建てた。

「見てらっしゃい寄ってらっしゃい、世にも珍しいぶんぶく茶釜のつなわたりのはじまりだ」と大声で言いはじめた。

だんだんと大勢の人が集まったところで幕があがった。

たぬきのぶんぶく茶釜が踊りながら綱わたりをしはじめ、集まった人たちは目を大きくして見ていた。

毎日毎日大入り満員。

くずやさんはざくざくと大もうけした。

それが一ヶ月続いた後の夜、家にいた時にくずやさんはたぬきに「もうやめにしましょう」と言った。

「どうしてです？」

「もう疲れただろう」

「いいえ、私は大丈夫です。まだまだやれます」

「あんまりよくばってはいけないし、もう十分ですよ。君はもう十分がんばってくれた」

くずやさんはたぬきといろいろと話した結果、たぬきの茶釜は見世物をやめた。

次の日にくずやさんは、たぬきの茶釜を持って寺に行った。

くずやさんはお坊さんにわけを話した。

もう囲炉裏に火にかけないでくださいとお願いした。

茶釜をお寺におさめて、たぬき茶釜が稼いだお金を添えて帰った。

「おしょうさん、私たちって生臭いものや、肉類食べちゃいけないですよね」

「そうよ、言うとおりよ」

「他の寺のおしょうさんや弟子たちは本当に肉類を食べないんですか？」

「そうだねー」と兄は考え込んだ。

思い出した兄は「ああそうだ思い出した！　あるわよ。これを聞くと絶対笑うと思うよ」

「どんなんですか？」

「ある寺でね、おしょうさんは川から鮎をとってきてこっそりと食べていた」

「おしょうさんが？」

「そう。でもね、弟子に見つかってしまったんだよ。で、弟子が『おしょうさんそれなんですか？』と聞かれて、ばれてしまったおしょうさんはね『これはかみそりというもんじゃよ、おまえが食べると口が切れちゃうよ、あぶないあぶない』って嘘をついたんだよ」

　そしたら兄の弟子が大笑いした。

　兄は続けて「それでね、そのおしょうさんが出掛ける必要があって、弟子を連れて行った。橋の上を通った時に、弟子が『おしょうさんおしょうさん、見て見てたくさんのかみそりが泳いでいる見て見て』と大声で言うから通る人たちも何言ってるのって川を覗くからそのおしょうさんは恥ずかしくて弟子を脇に引っ張って『えらい人になるものは見るもの聞くものを喋らんもんよ』と教えた」

「そうなんですか？　僕もえらい人になるために見るもの聞くものを喋らない」

「待て待て、話が終わってない」

「あ、すみません」

「それから、けっこう歩いて一休みした。そのおしょうさんが大事な手巾を忘れたことに気づかず歩いてて、しばらくして手巾がないのに気づいて『おい、おい、さっきのところに手巾を置いてなかったんか?』と聞くと『おお、置いてましたよ』と答える弟子に『なんでその時に言わなかったの?』と言うと『俺はえらくなると思っているから、見るもの、聞くもの、喋らんという教えをよーく守っただけです』と答えるからそのおしょうさんも困っただろうね」

「なるほど」

「何日後にね、そのおしょうさんが人からぼた餅をもらって食べずにいたら、急に呼ばれて出掛けることになった。ぼた餅が気になって気になってどこに置いたら食べられないかと考えて箱ごと仏様にあげて『私が来たらぼた餅になれ、人が来たらカエルになれ』とそのおしょうさんが言っているのを弟子が聞いてた」

「そのおしょうさんってけちだね」

「うん。そのおしょうさんが出掛けた後に、弟子が早速ぼた餅が入った箱をおろして食べ始めた。食べ終わって満足した弟子は庭に出てかえるを捕まえて箱に詰めて蓋を閉めて仏様にあげた。しばらくしておしょうさんが帰ってきて確かめた。蓋を開けるとカエルがぴょんと飛び出してきた。『こらこらカエル、わしじゃわしじゃ、人違いするんじゃない』と声をかけてもカエルはカエルなので逃げてしまった。何日後かにそのおしょうさんが弟子を呼んで、どうもこうもならんもんを買ってきてほしいとお金を渡したんだよ。弟子が『はーい』と大きな返事をして外へ出た。弟子に頼んだのは、弟子をとっちめてやろうと思ったから」

「そのおしょうさんってけちだけじゃなくていじわるなんですね」

「うん。弟子が外に出てもなにを買ったらいいかわからなくて、町のお店を一軒一軒ながめてて、あるお店で蜂がたくさん売っているから、これだ！　と思ったみたいでその蜂を買って紙に包んでもらったと。弟子が寺について大きな声で『おしょうさんおしょうさん。どうもこうもならんもん買ってきました。早く戸や障子を全部閉めてください』と言った。弟子があまりに大きな声で言うからびっくりしたおしょうさんは慌ててガタガタガタと閉めた。で、弟子がおしょうさんに座ってくださいと言い、紙包を渡した。なにも知らないそのおしょうさんは楽しみに紙包をほどいてみたら、さあ大変、中から大量

の蜂が飛び出したんだよ。おしょうさんは蜂に鼻の先をブッンと、おでこをブッンとされて『たすけて、たすけてくれ。これはどうもこうもならん』と言って走りまったという話でした」

「そうなんだ。面白い話でした。おしょうさん、すごい笑いました。腹が痛いです」

第十話・弟

弟は久しぶりに兄に会いに行った。

兄のいるお寺に行く時はいつもの道を通った。

だけど、道におじぞうさんが七体ならんでた。

七体のおじぞうさんを今まで見たことなかったと思ったが気のせいだと思い、先へ進んで兄の家に着いた。

「おう、どうしたん？」

「兄さんの顔を見たくて」

「ゆっくりしていきな」

「兄さんは最近どう？」

「最近は忙しくもなく、暇でもないね」

「そうなんだ。それよりさっきね、道で七体のおじぞうさんを見たよ。そんなんあったっけ？」

「そう？　あたしもこのまえ見たけど、いつからいるのかわからないね。昨年の冬はその七体のおじぞうさんに赤い笠を被せてたけど、赤い褌を締めてたよ。心の優しい誰か締めたんだろうね。おじぞうさんも喜んでいるだろね。その締めた人にきっといいことがおきると思う」

「でも、兄さんの言っている話を覚えている」

「なんの話？」

「知らないおじぞうさんに手を合わせるなよって話を」

「ああ、あれね」

「うん。まだそういうおじぞうさんに会ってないね。でも首のないおじぞうさんが見えたら必ず別の道に入ろうと思います」

「うんそれがいい」

「でもおじぞうさんのこと詳しく教えてよ。兄さんはお坊さんだから」

おじぞうさまは昔から存在している。仏教がはじまった時から。

今でも、誰でもどんなおじぞうさまに手を合わせてはいいってわけでもない。

地蔵菩薩といい仏教には悟りをもとめている。道路脇にあるおじぞうさまは土地を悪いものから守るためにあって、土地神様と言われる。村を変な疫病を入れないように魔よけの役割と旅人の無事をいのるために作った。

仏教では赤い色は清く正しく正直な色、とあるからおじぞうさまに赤いずきんとよだれかけを付けているのはちゃんと意味がある。魔除けの意味を含まれているから。

とある県のお寺にある六体のおじぞうさまが有名。六という数字は仏教の六道の思想からきてるんで死者の冥福を祈り墓地を建てられる事がある。

知らないおじぞうさまに手を合わせちゃいけないことは、悪い霊が集まりやすいのと、手を合わせたことで悪い霊が取りついてしまうことがある。

事故で亡くなった人のためと、水子を供養するために作ったのもある。

成仏できなかった霊がおじぞうさまに救いを求めてやってくることがあるから拝んだり、手を合わせちゃいけない。

「この辺は冬だと大変だと思う。雪が降ったりして」

「それでも冬は好きだね。雪っていうもんはとても綺麗なものだから」

「そうだよね。太陽の光にキラキラと光るし、雪に覆われた椿は一番美しい。雪のある流れる川もなにより美しいだと思っている」

「兄さんは恐怖の体験の中で心に残っている体験ある？」

「あるよもちろん。だいたい全部心の中に残っていて忘れないね」

「たとえば？」

「何ヶ月前の帰りにある山で道に迷ってしまって日がくれているし、泊まるところを探してて歩いて遠くに灯りがぽつんと見えて助かったと思って、今夜はあそこに泊めてもらおうとそこに向かった。思ったとおりに小屋だった。小屋の人に一晩泊めてほしいと頼んだらお断れた」

「お坊さんの頼みをお断りする人もいるんだ。変わった人だね」

「普通そう思うでしょう？　だけどそれに村の決まりがあったのよ」

「村の決まり？　どんな決まりなの？」

「なんだっけ…それで小屋の人は『この先に人の住んでない古い寺がありますよ』と心配そうに言って、教えてくれた。ありがたいと思ってその寺に行こうとしたら、小屋の人に慌てて止められて『だけど坊様その古い寺には化け物が出る。以前はいい寺だったけど、ある日寺のお坊さんが何者かに頭を噛みくだかれてしまって、それからこの寺に来るお坊さんは皆頭を噛みくだかれてしまいます』とぶるぶるっと震えながら話してた」

「その寺に行ったお坊さん全員怪我したりしたっておっかないね」

「化け物が出るなら退散させぬばらならないと思い、その寺に行った。高く伸びた草の中にかたむきかけた古い寺が本当にあった。寺の前に来て、今夜ここに泊らせてもらいますぞ、と言って中に入り、本堂を綺麗に掃き清め、お経をあげた。お経を終わらせて静かにして石のように動かないでいた。夜もますますふけていった」

「化け物はいつ出てくるの？」

「そう思うでしょう、真夜中がんがら、がんがらと音がしてなんやら寺に入り込んだと思った」

「ついに来たんだね」

「おい、そこの坊主！　この寺で座禅を組むなら私の問答を受けてみな、と言ってきた。だから、正解したらこの錫杖で頭をぶちわるけどいい？　と言ってやった。そいつの顔を見ると、赤顔の大入道みたいだった。飛び出た二つの目をギラギラ光らせてた」

「あの妖怪の大入道？」

「そうだと思ったよ。大入道は顔を赤くして大声で『小足八足、大足二足、横行く自在、両眼大差。これいかにっ！　さあ答えてみせろ』と聞いたことないこと言っていた」

「ほうほう」

「私は静かに聞いていて目をかっと開いて、かにっ！　と言った。大入道の赤顔がすぐに青くなり変わった。小さな足八本、大きな足二本。合わせて十本の足をもちの横歩きで二つの目が離れてて、その目が飛び出しいるのは…ずばり…かにであろう」

「おまえ…」

「私は、錫杖を取ってバシッとなげてやった。大入道の姿はすぐに消えて、ぐわーんとばりばりっとひどくやぶる音がした。やがて夜が明け朝になった。村人たちは私のことを心配したみたいで、外に出ると大勢の人が寺の周りに集まってた。『お坊さまあれを見てください』と言われて指さすほうを見たら、壁がやぶられていて赤い血がたれていた。血が外まで点々となっていて川までつづいてた。血の続くところまで行くと岩ほどの大きなかにがいて、背中に錫杖が刺さって死んでいた。それっきり寺の中は物音一つしなくなって、寺に化け物が出なくなったし、いい寺にもどったのさ」

「大変だったたね。でもお兄さんすごいね」

「昨日はあっちに行ってきたの、あの狸のお墓に」

「なんだっけ？　その狸って」

「あれだよ、お坊さんに化けてた。その話をしたのを覚えてる？」

「ああそうだ、思い出した！　でも悪い狸ではなかったよね？」

「そうだったね。でも可哀そうな死に方したな」

「うんうん、聞いた話ではそうみたいだったね」

「あの狸は名高い寺の近くに住んでいてね。人たちが言うにはそこのお坊さんは山門を建てるために諸国をめぐりの旅に出ていて、当地に立ち寄っていた。犬嫌いで、必ずくさりにつないでとお願いしたと。ある家にお坊さんはかごにゆられてやってきた。かごから顔だけを出して『犬はちゃんとつないでいるよね？』と聞く。立派なもんだが、なんだが落ち着かなくて周りをきょろきょろと見回し、寒くないのに両手を袖に閉まったまんま急いで家の奥へ入ってしまったとさ。女中たちがお坊さんがあれだけ犬嫌いっておかしいと、他の宿でもまず犬をつなげさせたと、いつも手を隠しててちらっとすごい毛が見えたと、全然湯に入らんそうで、無理にすすまれて入っている間に変なおかしな水の音がしてて天井まで湯が跳ねてたと話してて、まさか、なにかが化けているお坊さんかもしれないよ。だったら犬をたきつけて化けの皮をはいでくれるとか、えらい騒ぎになったとね」

「だけど、そのお坊さんをかばう人もいたでしょう、名高い寺のお坊さんがそんなあやしいなんてありえない、本当のお坊さんかどうかすぐにわかる方法があると言った男が、お坊さんのいる部屋の前に来て、お坊さん、一つお願いがあります、当家にお泊まりいただいた印になにか一筆書いていただきませんか？　とお願いすると、お坊さんが、おやすい御用じゃ。しかし、書くところは見ないでくださいと言ったそう」

「そうそう」

「ふすまを閉めて、びょうぶをめぐって、その中でさらさらと書いたそうね。だけど、見事な文字を書いたんだって？」

「そう、人間にはそれが見事な文字に見えたみたいね。本当は尻尾で絵やら文字やら書いて旅してたもんだから」

「あの男が文字をみんなに見せて名高い寺のお坊さんだからこそこんなりっぱな文字が書けると言って、えらい人というのは変わったくせをもってるんだからつまらん噂は広めちゃならんと言ったそうね。他の人がその文字をなんて書いてあるのって聞かれたらあの男は、わしにはちょっとわからん。うまい文字は読みずらいから後でゆっくりと読んであげるよと答えたよね」

「みんなは文字なんて知らないもんだし、お坊様とはえらいもんだと言い合って、もっとごちそうを運び、布団を何枚も重ねて寝かせて、大事にしてもてなしたとね」

「それでなにがあって死んじゃったけ？」

「お坊さんは何日も泊まって次の宿に旅立つと町はずれまで送ってもらっている途中で犬のくさりが急にぶちきれて飛び出してきて、いきなりかごの中にまでとびついて、お坊さんの喉首にくらいついたね。一瞬のできことで、犬を引き離したときにはもう食い殺されていたね。可哀そうに。周りの人は顔色が蒼くなって震えてえらいことになってしまった、お坊様を死なせてしまった。どうしようと慌てて、お坊様殺しの罪は重い、とにかくお寺さんには知らせねばならないと使いをだしたと。とんでもないことになって身もちぢこまり、皆がひとかたまりになって返事を待ってたね」

「で、寝るどころじゃないから夜になっても、お坊さんを囲んでどうしようかと言い合ったり、震えているうちに夜が明けて朝日がさして回りが明るくなって光がお坊さんに当たったら、お坊さんの様子が変わっていてね、りっぱな衣に身を包んだ大きな狸だったね」

「本当のお坊さんは病気でもう死んでたんだっけ？」

「そう。あのお坊さんはね早く山門を建てたいな、早くよくなって旅に出たいものだと話していたのをあの狸が聞いててね。あの狸がいつもありがたいお経を聞いているし、ひとつ代わりになってくりょう、とお坊さんに化けたのね」

「だけど、たぬきおしょうの集めたお金って注文はどれほどだったんだろね」

「それは誰も知らんね。だけど、お寺では獣にかかわらず可哀そうなことがあったと言い、たぬきおしょうの集めたお金で山門を建てて、人々はたぬきの山門と呼んでるそうだよ」

「それは知らなかったね。でも、狸は狐より化けるのは下手と聞いたことある。狸が化けてもすぐに見破られてしまうって本当かな？　犬は狸の匂いはすぐにわかるらしいね。人間に化けた狐を見分ける方法も知ってる。狐の窓だっけ？　指で作るやつ」

「ああ、狐の窓ね。でも犬は人間より何倍も匂いに敏感だからね」

「ああ、兄さん、あの有名なたぬきの茶釜をここにまだ置いている？　今の話に出てくる狸と同じく狸が関係あるよね」と弟は茶釜を見て思い出しました。

「そうそう。よく覚えてるね」

「もちろんよ。こんな珍しい茶釜を忘れるわけないよね。だけど、兄さんのところにきてその茶釜から狸が出たことある？」

「ないね」。

「でも、これと、似たような話を知っている？」

「どんな？」

「歌う骸骨話」

「ああ、それね。たぬきの茶釜と同じく、町で歌う骸骨として見せ物してお金を集めたことね」

「骸骨は仲間に殺されたのよね。しかもその仲間が手を組んで一緒に仕事してたのに殺すって…仲間でも信用しなくなるわ」

「その二人は仕事をして行くうちに、骸骨になったのがたくさんもうけて、殺したやつがひどい損をしたと聞いた」

「そう。そんな商人は家に戻らなくちゃいけなくなるからね」

「大変な仕事だよね」

「そうだけど、仲間を殺すまでのことをしなくても」

「なんだっけ、殺された商人が一休みしたいと言ったら、殺した商人は周りが暗くなっているから先へ進もうって言って、殺された商人は一休みしたいと言うこと聞かなかったでしょう？　殺された商人は座っていたら首をはねられたって聞いた」

「そう。仲間を殺しといて、死んだ仲間のお金を盗んで急いで峠を下りて帰って、人のお金で人殺しが三年ぐらい遊んで暮らしたって最低だよね」

「でもね、いよいよお金もなくなってきたからしかたなく商いをまたやろうと思って、外へ行く時に仲間を殺した所を必ず通らなくちゃいけないみたいで、そこに着いたら草の中からすごくいい声で歌う歌声が聞こえたと」

「かのたかのたよ、おもうこたかのた、すえは鶴と亀、五葉の松」と弟が歌い始めた。

「その歌を歌うのやめてよ、聞きたくない」

「ああ、ごめん」

「でもあいつ怖がることって知らないのかな？　誰か隠れているのなら出てこいよっ

て言ったんだよ」

「そう？　そんなこと言ってたの？」

「で、あいつ、草の中をのぞいたら、されこうべが笹に引っかかって風にふらふらと揺れてて歌を歌ってたんだって」

「ええそうなんだ」

「殺した商人はね、されこうべを見てて珍しいされこうべと思ったそうで『おまえはいつもこうして歌っているのか？』と聞いたらされこうべがガタガタと笑いながら『わしをわからないか？　おまえに殺されて月日がたちされこうべになったんだよ。そのうちにささが生えてきて、わしをつきとおしたままこんな高くに伸びた。こうやって風にふかれてみれば悪くはない。毎日好きな歌を歌っているのよ』と言ったみたい。されこうべが嬉しそうにまた歌ったんだって。それでされこうべをぼーっと眺めてて、急に（こいつは金になるぞ）と心の中で手をうって『いやーいい声してるね。おまえは一人で歌っててつまらないと思う。もったいない。その声をもっとたくさんの人に聞かせよう。どうだ！　俺と一緒に旅に出ないか？　そうすれば好きなだけ歌えるよ』と言ったのさ」

「えー。それでされこうべが自分を殺したやつと一緒に行ったってこと？」

よ」

「されこうべも理解して一緒に行ったよ。されこうべを袋に包んで降りて行ったの

「されこうべの歌っているところを見たことあるけど、あいつされこうべ一本でもうかってたんのかな？」

「そうではなかったみたいよ。商いをしながら『さあて、見てらっしゃい聞いてらっしゃい、歌うされこうべだ。このされこうべが歌を歌うんだよ。さあさあ集まって集まって』と叫んだと」

「そうそう。そう叫んでた。俺見たわよ。あいつが『お客様たちがご所望だ。歌ってちょうだい』と言うとされこうべがほれぼれするような声で歌ってた」

「ああそう～」

「うん。かのたかのたよ、おもうこたかのあ、すえは鶴と亀、五葉の松とね。これにはそこにいた人たちは驚いてて、ぼーっと立ってた」

「だけどただじゃないのよねー」

「そうそうまったくそのとおりで『さあさあ、ただでは帰られんぞよ。されこうべの歌を聞いたからこの品物を買って買って』と言って商いをしてたね」

「そう、やっぱり。それでおまえはなにを買ったの？」

「おれは…狐の面を買ったのさ。他に良い物がなくてね。あいつがけっこうもうかったのか、商いをやめてただされこうべを歌わせるだけにしたのよ。噂に、家にいるときはされこうべに酒をたらたらとかけると、さらこうべは歌いだすと。誰かがある時、あいつの家の前に通るときに、誰かが歌っている歌声が聞こえたから窓を覗いたら、あいつがされこうべと一緒に歌ってたり踊っていて、されこうべを見るとカタカタと笑ってたと言ってた」

「そうなんだ！　だけど、相変わらずバカで、殿様にされこうべを見せたいと思ってお城に行ったこと知っている？」

「知らない」

「お城の前に通る時に『歌うされこうべ、歌うされこうべ』と言って何度も行ったり来たりしているうちに殿様の前に呼ばれてね『されこうべが歌うんだって？　ありえないことを言うな！』と言われた。『いえいえ、本当に歌います』と自信もって言ったんだよ。『本当に？　本当にそのされこうべが歌うって言うの？』と言った殿様が大笑いしたのよ。あいつは、嘘をついてバカにされていると思ったのか『本当に歌います。歌わなかったら自分の首を差し上げましょう。されこうべが歌を歌った時にはなにかくだされませ』と馬鹿なこと言ったのよ」

「ああそうそう、それは聞いたことある。続きはなんだっけ？」

「殿様は『よし、それじゃ、おまえにはお城をもたせましょう』と言うとあいつは『それでは、約束ですよ』とされこうべをとりだして『さあ、されこうべが歌いますよ、耳をよくすませて聞いてください』とあいつが言い、全員が静かにしーんとしてされこうべがいつ歌うんだろうと見ていると、されこうべは一言もなく、音もなくたら『されこうべめ、殿様の前にいるのよ、声が出ないのが見られているよ。恐ろしいことはない。俺が君のそばにいるから。歌え、やれ、歌え』とあいつが言ってもされこうべは石のように黙っていたと」

「それにさすがに慌てるよね。人殺しの商人は『酒をください。酒をください、たらたらとかけたらきっと歌います』と言った。人殺しの商人に酒をくれたでしょう？　酒をかけても歌わなかっただろ？　それで、人殺しの商人は引き据えられ、あばれわめきながら言ったとおりに首をはねられたよね」

「そう、そのとたんにされこうべは歌いだして、かのたかのたよ、おもうこたかのた、すえは鶴と亀、五葉の松」

「でも。兄さん、その歌の意味は未だによく分からないの」

「ああそれはね、かのたは物事が思うようになったという意味。そして、鶴と亀五葉の松はともに目出度いというのは知っているでしょう？　ああ知っている。だけど、この世に鶴と亀の絵が描かれている素晴らしい皿があるらしいから、その素晴らしい皿を一度でもこの目で見て見たいね。かめじーという人が持っているらしいよ」

著者プロフィール

黒木 咲（くろき えみ）

・出身：1994年9月29日、六の白星
・教育：2010年、高校卒業

賞歴
・第25回 ユザワヤ創作大賞展：　入選
・第45回 近代日本美術協会展：　入選
・第46回 近代日本美術協会展：　アムス賞
・金谷美術館コンクール 2018年：　入選
・全日本アートサロン絵画大賞展 2019年：　入選
・第2回 絵本出版賞：　優秀賞
・第30回 全日本アートサロン絵画大賞展 2021年：入選
・第4回 絵本出版賞：　奨励賞
・第50回 近代日本美術協会展 2023年：　入選

出版歴
・2021年8月25日　：『かぐや姫絵本』銀河書籍
・2022年2月9日　：『花園の神隠し 永遠の命』銀河書籍
・2022年11月15日：『鶴姫の千羽織 守らなかった約束』文芸社
・2023年7月15日　：『織姫の涙 七夕の夜の三つの星』文芸社
・2023年7月22日　：『オニオンのカフェ』銀河書店
・2024年1月16日　：『アネモネ・花言葉』パレード・ブックス

山姫の山姥と息子の金太郎の生き別れ

2024年 6 月15日　初版第 1 刷発行

著　者　黒木 咲
発行者　瓜谷 綱延
発行所　株式会社文芸社
〒160-0022　東京都新宿区新宿1－10－1
電話　03-5369-3060（代表）
03-5369-2299（販売）

印　刷　株式会社文芸社
製本所　株式会社MOTOMURA

ISBN978-4-286-25396-1